李煜詞集

附 李璟词集 冯延巳词集

【南唐】李 煜 著

上海古籍出版社

國學典藏

图书在版编目(CIP)数据

李煜词集／(南唐)李煜著．—上海：上海古籍出版社，2016.6(2025.6重印)
(国学典藏)
附：李璟词集、冯延巳词集
ISBN 978-7-5325-8119-1

Ⅰ.①李… Ⅱ.①李… Ⅲ.①词(文学)—作品集—中国—南唐 Ⅳ.①I222.843.2

中国版本图书馆CIP数据核字(2016)第119551号

国学典藏
李煜词集
附:李璟词集、冯延巳词集
[南唐]李煜 著
上海古籍出版社出版发行
(上海市闵行区号景路159弄1-5号A座5F 邮政编码201101)
(1)网址:www.guji.com.cn
(2)E-mail:guji1@guji.com.cn
(3)易文网网址:www.ewen.co
江阴市机关印刷服务有限公司印刷
开本890×1240 1/32 印张5.5 插页5 字数125,000
2016年6月第1版 2025年6月第10次印刷
印数:33,401—36,500
ISBN 978-7-5325-8119-1
I·3072 定价:26.00元

前　言

王兆鹏

他是才子，是词人，是帝王。作为词人，他是成功的；作为帝王，却是失败的。然而，正是失败的帝王成全了词人的成就。如果他没有经历从帝王到臣虏的人生巨变，他的词作就不可能有那种深沉的生命体验，他可能只是个普通的才子词人，而难以成为“词中之帝”。

他，有着究竟怎样不同寻常的人生？创造了怎样别具一格的词作？让我们走近他的生活世界和艺术世界。

一、李煜其人：由喜剧而悲剧的人生

李煜（937—978）一生，富有戏剧性，一出以喜剧开头、悲剧结束的跌宕起伏的悲喜剧。

先说他的喜剧人生。

喜剧之一：公子变皇孙。公元937年七月七日李煜出生之前，他的父祖只是显宦。他出生三个月后，他的祖父李昪就改朝换代，从吴国杨氏手中夺取帝位，建立南唐国。于是，一夜之间，李煜由贵族小公子变成了帝王家的小皇孙，受尽百般的宠爱、千般的呵护。

喜剧之二：老六成老大。李煜，原是南唐中主李璟的第六个儿子。按照封建时代的长子继承制，做太子，当皇帝，本来没有他的份儿。他自己也没那个愿景，只管成天地读书习字，不问政事。他的长兄弘冀，在李璟登基后就被立为太子。但弘冀为人残暴专断，弄得李璟很是不满，李璟曾警告弘冀，如果不改改专横暴虐的太子爷作风，就把他废了，另立他的叔父景遂为王位继承人。弘冀不仅不收敛，反而派人把他叔父给毒死了，以绝后患。不知是报应，还是什么缘故，弘冀谋杀叔父后不久，自己也突然暴死。李煜其他几位兄长都早夭，这下子他变成了老大。二十五岁时按顺位坐上了太子的交椅，同年就穿上了皇帝的新衣龙袍。

喜剧之三：酣睡卧榻旁。公元961年七月，李璟去世后，李煜继位为南唐国主。在李煜继位的头一年，宋太祖赵匡胤已在北方建立了赵宋王朝。赵匡胤志在统一天下，南唐自然也在他的统一规划之内。如果宋太祖开国就统一了南方，也就没有李煜做国主的份儿了。只是宋太祖先要平定其他的小国，一时无力来收拾南唐，于是李煜得以做了十五年的“唐主”。宋太祖曾说：“卧榻之下，岂容他人酣睡！”李煜居然在赵匡胤的卧榻之旁，酣睡了十几年，也挺有戏剧性的。毕竟李煜睡在赵宋的卧榻之下，难得安宁，生怕哪一天被灭掉，于是做了几年的“唐主”之后，自个儿降为“江南国主”，表示南唐只是一个“自治”的地方政权，不敢与赵匡胤统治的中央政府对抗。但不管什么名分，作为一国之主，李煜是享尽了奢华富贵。

李煜生于七月，死于七月，登基做国主也是在七月。戏剧性的人生，似乎是命中注定。

喜剧之四：双娇配才子。李煜是天生的才子，人又长得英俊潇洒，史书上说他“神骨秀异，目有重瞳”，生性聪悟，喜好读书。他工书法，善绘画，能诗擅词，精通音乐。他的书法，自成一家，创造出了“聚针钉”、“金错刀”、“撮襟”等体式。他画的“林木飞鸟，远过常流，高出意外”（郭若虚《图画见闻志》卷二）。他创作的乐曲，也很“奇绝”。亡国之前创作的《念家山》、《念家山破》等乐曲，“宫中民间日夜奏之，未及两月，传满江南”（邵思《雁门野说》）。

身为国主，找几位天姿国色的后妃，本属平常，不算稀罕。可李煜与众不同的是，他的两位王后，是亲姊妹，不仅长得好看，而且多才多艺，与李煜是情投意合，堪称绝配。

大周后，小字娥皇，比李煜大一岁。十九岁嫁给李煜。二十九岁时，因爱子夭折，哀痛过度而死。临死前，她心满意足地对后主说："婢子多幸，托质君门。冒宠乘华，凡十载矣。女子之荣，莫过于此。"大周后病重时，后主朝夕陪伴，"药非亲尝不进，衣不解带者累夕"。娥皇死后，后主伤心得骨瘦如柴，要凭拐杖才能站起来。足见他对娥皇的深情。小周后，像她姐姐一样，也是"警敏有才思，神彩端静"，风情万种。她与李煜，是先恋爱，后结婚。大周后病重期间，小周后来宫中探望，李煜就爱上她了，两人频频约会。后来李煜娶她，只是"成礼"而已。这对姊妹花，让李煜体验了女人的真爱，饱尝了爱情的甜蜜。

再说他的悲剧人生。

悲剧之一：被俘虏的国主。李煜在强大的赵宋王朝压迫之下，小心翼翼地做了十五年的江南国主，熬到开宝七年(974)，噩运终于降临。宋太祖在平定其他小国之后，决心收拾南唐，先是让李煜入朝觐见，想和平解决，李煜明知入朝没有好果子吃，就托病推辞。赵匡胤见李煜软的不吃，就来硬的，派重兵前去攻打。开宝八年(975)十一月，宋兵拿下金陵，李煜被迫投降，南唐国亡。李煜的爷爷李昪压根不会想到，曾给他带来好运、见证他顺利夺得帝位的小孙子，三十九年之后，就亲手把南唐江山拱手让给了别人。想到"四十年来家国，三千里地山河"(《破阵子》)葬送在自己手里，李煜也不禁痛心疾首。

开宝九年(976)正月，李煜被俘至汴京。当年的江南国主，被宋朝的天子封为违命侯，软禁居住。过去无忧无虑的生活，如今变得拮据紧张。李煜曾向宋太宗诉说生活贫困，日子太苦，希望增加薪水，提高待遇，改善生活。一贯颐指气使的他，如今日夜被人监视，行动不得自由，门口有吏卒把守，自家人和来访客进出，都得看老吏的脸色。可想而知，他从国主变囚徒，无异于从天堂跌落到人间地狱。“流水落花春去也，天上人间。”（《浪淘沙令》）正唱出了他内心的极度悲哀。失落的极度痛苦，心灵的巨大落差，不是常人可以体会得到的。正因为他品尝过极度的欢乐，也体验了极度的悲哀，他才能在词中真切地表现出人生的极乐与极悲，创造出独特的情感世界。

悲剧之二：被污辱的丈夫。当俘虏，被软禁，没有了尊严，丧失了自由，已经让他够伤心的了。更使他屈辱的是，他心爱的小周后公然被宋太宗叫进宫里受尽污辱。李煜刚到汴京的时候，是宋太祖赵匡胤坐天下，太祖对他还比较友善。没想到，当年十月，太祖驾崩，太宗赵光义继位。太宗好色，常常将李煜的小周后叫进宫去，一入宫几天才能出来。小周后回来后，又哭又骂。可怜的李煜，只能“宛转避之”（王铚《默记》卷下）。妻子被宋朝天子玷污，作为丈夫，李煜只能忍气吞声，默默承受着人格的屈辱与灵魂的痛苦！

悲剧之三：被毒死的降王。北宋王朝，对于李煜这类降王，心存猜忌，稍不顺眼，就凶残地置之死地。太平兴国三年（978）七月七日，正是李煜的四十二岁生日。李煜长期抑郁苦闷，想开个生日派对来散散心，于是让跟随来宋的南唐乐伎演奏音乐，不料声闻于外。早就对李煜心存不满的宋太宗听说后，顿起杀心，立即派人以御赐美食的名义，用牵机药毒死了李煜。牵机药是剧毒，人服后就会头足相触、剧烈抽搐而死。就这样，词史上的一代天王，在他降临“人间”的同月同日魂归“天上”。以一种最痛苦的方式，永恒地解脱了他灵魂的痛苦。这是喜剧，还是悲剧？

这位悲喜剧的主角李煜，原名从嘉，字重光，号钟隐，又号钟峰白莲居士。继位后才改名煜。世称李后主，因为南唐先后经历了三朝国主，故后世称第一代国主李昪为先主，第二代李璟为中主，末代李煜为后主。

二、李煜其词：喜剧与悲剧合成的世界

正如李煜的人生是喜剧与悲剧交替上演一样，他的词也是喜剧与悲剧合成的世界。

李煜亡国前的词世界，洋溢着喜剧性的轻松与快乐。宫廷里有绚丽多姿的歌舞、光彩照人的宫娥：

> 晚妆初了明肌雪，春殿嫔娥鱼贯列。笙箫吹断水云间，重按霓裳歌遍彻。　临风谁更飘香屑，醉拍阑干情味切。归时休照烛花红，待放马蹄清夜月。（《玉楼春》）

> 红日已高三丈透，金炉次第添香兽。红锦地衣随步皱。　佳人舞点金钗溜，酒恶时拈花蕊嗅。别殿遥闻箫鼓奏。（《浣溪沙》）

这些欢乐场景、喜庆气氛，透现出李煜春风得意时狂欢极乐的心境。

更富有刺激性、戏剧性的，是他与小周后约会的情景：

> 花明月暗笼轻雾，今宵好向郎边去。刬袜步香阶，手提金缕鞋。　画堂南畔见，一向偎人颤。奴为出来难，教君恣意怜。（《菩萨蛮》）

这首词仿佛是李煜跟小周后约会场景的现场直播。女主角的动作细节和声态口吻，被李煜描绘得活灵活现。“偎人颤”三字，十分传神地表现出女主角与情郎见面时既紧张又惊喜的神态。《一斛珠》里那千娇百媚的佳人，又好像是小周后的酒后写真：

> 晓妆初过，沉檀轻注些儿个。向人微露丁香颗，一曲清歌，暂引樱桃破。　罗袖裛残殷色可，杯深旋被香醪涴。绣床斜凭娇无那，烂嚼红茸，笑向檀郎唾。

结尾二拍写佳人酒后娇滴滴地斜靠绣床，含情脉脉地凝望着情郎，口中嚼着绒线，过一会儿又笑着把绒线向情郎吐去。“嚼”、“唾”两个口部

动作，把个娇痴美人活脱脱地描画了出来。

在李煜前期词的欢乐世界里，除了狂欢极乐的宫娥舞女、娇痴多情的佳人，还有快乐逍遥的渔父：

阆苑有情千里雪，桃李无言一队春。一壶酒，一竿身，快活如侬有几人？（《渔父》）

李煜前期词作，虽然也有苦涩的离情、苦闷的相思，但情调轻盈，色泽鲜亮，不像亡国之后的词那样沉重、沉痛。

李煜亡国后的词世界，充满着悲剧性的绝望与哀鸣。被俘入宋后，他再也没有了欢乐，有的只是心理的巨大落差、对未来的深深绝望。泪水浸泡着他的灵魂，也渗透在他的词作里：

多少泪，断脸复横颐。心事莫将和泪说，凤笙休向泪时吹。肠断更无疑。（《望江南》）

五句词，三处“泪”，可以想象“泪”有“多少”！“心事”本难说，也无人可说，更不能诉说。孤独、寂寞、压抑、痛苦，只有独自吞咽，独自承受。

一年四季，无论是百花盛开的春日，还是皓月当空的秋夜，他都无法排遣心头的创痛。寂寞痛苦之人，本来对外界环境的变化就更敏感，所以，自然界的一切变化，都会引起他灵魂的震颤。春花凋谢，他会感叹时间的无情流逝、生命的短暂与人生痛苦的悠长：

林花谢了春红，太匆匆。无奈朝来寒雨晚来风。　胭脂泪，留人醉，几时重？自是人生长恨水长东。（《乌夜啼》）

习习秋风，淡淡秋月，都会加重他的孤独与寂寞：

深院静，小庭空，断续寒砧断续风。无奈夜长人不寐，数声和月到帘栊。（《捣练子令》）

无言独上西楼，月如钩。寂寞梧桐深院锁清秋。　剪不断，理还乱，是离愁。别是一般滋味在心头。（《乌夜啼》）

长年封闭在空庭静院里，白天“无言”沉默，夜里“无奈”、“不寐”。这样的生活，性格坚强者也容易精神崩溃，何况像李煜这样个性软弱、情思敏感之人！生命无法承受之寂寞，人生无法忍受之压抑，在李煜词中得到了生动的表现。

现实生活里，已经没有了亮色，没有了欢娱，春天失却了它原有的芬芳，秋天黯淡了它本色的清丽。李煜只有在梦里，一遍遍地忆念往日江南的热闹，一次次地咀嚼南国秋日的清欢，一回回地品味当年游乐的开心得意：

闲梦远，南国正芳春。船上管弦江面绿，满城飞絮滚轻尘。忙杀看花人。（《望江南》）

闲梦远，南国正清秋。千里江山寒色远，芦花深处泊孤舟。笛在月明楼。（《望江南》）

多少恨，昨夜梦魂中。还似旧时游上苑，车如流水马如龙。花月正春风。（《望江南》）

只有在“梦里”，他才能放下囚徒的身份，不顾一切地享受片刻的放松与欢娱：

帘外雨潺潺，春意阑珊。罗衾不耐五更寒。梦里不知身是客，一晌贪欢。　独自莫凭栏，无限江山。别时容易见时难。流水落花春去也，天上人间。（《浪淘沙令》）

然而，梦是短暂的，虚幻的。梦境可以慰藉心灵的痛楚，却代替不了真实的生活，抚平不了心灵的创痛。只有梦境才能获得欢乐，这昭示了现实人生的无奈与沉重，更增添了词作的悲剧感。

无论是亡国前的“欢乐颂”，还是亡国后的人生悲歌，都是李煜在其生命历程中的真实体验、切身感受。在词中表达词人自我的真实情怀、真切感受，这改变了词史发展的轨迹，开启了词史运行的新方向。

晚唐五代以来，词坛主流的创作倾向，是温庭筠确立的抒情范式，即抒写男女间的相思恨别等普泛化、类型化的人类情感。词中表达的情怀，不是词人自我独特的感受，而是人类共通的情感。这在传统的抒情诗之外建立起新型的抒情传统。传统的抒情诗，抒发的主要是诗人自我个性化、独特性的感受和体验，而温庭筠的词，则尽可能消解自我化和个性化，着力传达一种共通的人类情感，使词体的抒情取向与诗歌的抒情取向分道扬镳，从而拉开词体与诗体的距离，使词体形成不同于诗体的抒情范式。西蜀的花间词人和南唐的李璟、冯延巳等词人，基本上都是遵循温词的创作路数。

到了李煜手中，词体又朝着诗体的抒情方向回归靠近。李煜在保持词体特有的音乐性和可歌性的前提下，改变了词体的抒情方式和抒情功能，让词作尽可能贴近词人自己的生活世界和情感世界，表达词人自我的独特感受。温庭筠的词，是书写别人的情感，讲述他人的感受。而李煜的词，是自述自己的经历，自诉自我的哀乐。《破阵子》就是他亡国前的繁华安闲、亡国时的仓皇失措、做臣虏后的屈辱痛苦的真实写照：

> 四十年来家国，三千里地山河。凤阁龙楼连霄汉，玉树琼枝作烟萝。几曾识干戈？　一旦归为臣虏，沈腰潘鬓消磨。最是仓皇辞庙日，教坊犹奏别离歌。垂泪对宫娥。

在晚唐五代词人中，唯有李煜，是用词来歌唱自己的欢乐，咏叹自我的悲哀。唯有李煜的词，能够看出作者的身份特点，能够把握作者的命运变化、情感律动。再看其名作《子夜歌》和《虞美人》：

> 人生愁恨何能免，销魂独我情何限。故国梦重归，觉来双泪垂。　高楼谁与上？长记秋晴望。往事已成空，还如一梦中。

> 春花秋月何时了，往事知多少。小楼昨夜又东风，故国不堪回首月明中。　雕栏玉砌应犹在，只是朱颜改。问君能有几多愁？恰似一江春水向东流。

对“故国”的怀念和“往事”的不堪回首，是他亡国后解不开的心结，也是他作为亡国之君的身份标志。从中我们能够感受到亡国后他的不幸、悲哀和绝望。

词到李煜手中，才有了真实的生命，真实的性情。这给后来的苏轼、辛弃疾们以莫大的启示：词原来不仅可以歌唱大众化的情感，也照样可以吟唱自我的心声！李煜词，不仅精致完美，有着强烈的可读性，更有艺术上的开创性和典范性。

另外，本书还收入了南唐另两位词人李璟和冯延巳的词集。

李璟（916—961），南唐中主。原名景通，字伯玉。公元943年，先主李昪病死，他继位，改名"璟"。在位十九年。跟其子李煜差不多，李璟做皇帝不行，做才子则绰绰有馀。史书说他"音容闲雅，眉目若画"，"神采精粹，词旨清畅"。他能诗，更擅长词。李煜写词，就得益于他的遗传。他的词作，流传下来的仅有四首，但每首都是精品。两首《山花子》中的"细雨梦回鸡塞远，小楼吹彻玉笙寒"和"青鸟不传云外信，丁香空结雨中愁"，都是千古名句。

冯延巳（903—960），一名延嗣，字正中，广陵（今江苏扬州）人。南唐中主李璟的宰相。冯延巳早年就跟随李璟，深得其信任。他当宰相后，因为结党营私，被政治对手拉下马，不几年，又被李璟重扶上相位。冯延巳曾经声称自己的才智谋略足以治理天下，皇上亲理朝政，宰相只是个摆设，无法治理好天下，要李璟把一切行政大权都交给他。李璟乐得自在，真的不再过问国事。谁知冯延巳只是嘴巴功夫过硬，实际能力不行，独揽大权后，把国事弄得一团糟。李璟不得不收回权力，亲理朝政。冯延巳为人，在当时很受非议，政敌指责他是"谄媚险诈"。他曾经说："先主丧师数千人，就吃不下饭，叹息十天半月，一个地道的田舍翁。当今主上（李璟），数万军队在外打仗，也不放在心上，照样不停地宴乐击鞠，这才是真正的英雄主。"（据马令《南唐书·冯延巳传》）这种观点，足见冯延巳不是个好政客。

冯延巳多才多艺，能诗擅词，他流传下来的词作有一百一十多首，是五代传存词作最多的词人。他的词在沿袭花间传统的基础上有所开拓，将离情别恨提升为一种更广泛的人生忧患意识。他善于表现人生忧愁的不确定性和朦胧性，词的境界迷离惝恍，空灵蕴藉。现代著名词学家龙榆生在《唐宋名家词选》中说："延巳在五代为一大作家，与温、韦分鼎三足，影响北宋诸家者尤巨。"特别是晏殊、欧阳修等的词，受冯延巳的影响最深，词的风格也比较近似，以至于三人的词作常常相混，后人无法分辨，如《鹊踏枝》（庭院深深深几许）本是冯词，而后人每每误作欧阳修词。

本书除了词作原文之外，我们还将历代评论及与词作有关的本事、史实择要列于每首词之后，以方便读者阅读和欣赏。

目　录

李璟词集

冯延巳词集

李煜词集

虞美人

春花秋月何时了，
往事知多少。
小楼昨夜又东风，
故国不堪回首月明中。

雕栏玉砌应犹在，
只是朱颜改。
问君能有几多愁？
恰似一江春水向东流。

◆徐铉归朝，为左散骑常侍，迁给事中。太宗一日问："曾见李煜否？"铉对以"臣安敢私见之"，上曰："卿第往，但言朕令卿往相见可矣。"铉遂径往其居，望门下马，但一老卒守门。徐言："愿见太尉。"卒言："有旨不得与人接，岂可见也？"铉云："我乃奉旨来见。"老卒往报。徐入，立庭下。久之，老卒遂入，取旧椅子相对。铉遥望见，谓卒曰："但正衙一椅足矣。"顷间，李主纱帽道服而出。铉方拜，而李主遽下阶，引其手以上。铉告辞宾主之礼，主曰："今日岂有此礼？"徐引椅少偏，乃敢坐。后主相持大哭，乃坐默不言。忽长吁叹曰："当时悔杀了潘佑、李平。"铉既去，乃有旨再对，询后主何言。铉不敢隐，遂有秦王赐牵机药之事。牵机药者，服之前却数十回，头足相就如牵机状也。又后主在赐第，因七夕命故妓作乐，声闻于外，太宗闻之大怒。又传"小楼昨夜又东风"及"一江春水向东流"之句，并坐之，遂被祸云。（宋王铚《默记》）

◆《后山诗话》载王平甫子斿谓秦少游"愁如海"之句出于江南李后主"问君还有几多愁，恰似一江春水向东流"之意。仆谓李后主之意，又有所自。白乐天诗曰："欲识愁多少，高于滟滪堆。"刘禹锡诗曰："蜀江春水拍天流"，"水流无限似侬愁"，得非祖此乎？则知好处前人皆已道

过，后人但翻而用之耳。（宋王楙《野客丛书》）

◆诗家有以山喻愁者，杜少陵云“忧端如山来，澒洞不可掇”，赵嘏云“夕阳楼上山重叠，未抵春愁一倍多”是也。有以水喻愁者，李颀云“请量东海水，看取浅深愁”，李后主云“问君都有几多愁，恰似一江春水向东流”，秦少游云“落红万点愁如海”是也。贺方回云：“试问闲愁知几许？一川烟草，满城风絮，梅子黄时雨。”盖以三者比之愁之多也，尤为新奇，兼兴中有比，意味更长。（宋罗大经《鹤林玉露》）

◆太白云：“请君试问东流水，别意与之谁短长。”江南后主曰：“问君还有几多愁，恰似一江春水向东流。”略加融点，已觉精彩。至寇莱公则谓“愁情不断如春水”，少游云“落红万点愁如海”，青出于蓝而胜于蓝矣。（宋陈郁《藏一话腴》）

◆徐士俊云：只一“又”字，宋元以来抄者无数，终不厌烦。（明卓人月《古今词统》）

◆山谷羡后主此词。荆公云未若“细雨梦回鸡塞远，小楼吹彻玉笙寒”尤为高妙。（明董其昌《评注便读草堂诗馀》）

◆每念李后主“小楼昨夜又东风”，辄欲以眼泪洗面；及咏周美成“低鬟蝉影动，私语口脂香”，则泪痕犹在，笑靥自开矣。词之能感人如此！（明尤侗《苍梧词序》）

◆终当以神品目之。（清谭献《词辨》）

◆一声恸歌，如闻哀猿，呜咽缠绵，满纸血泪。（清陈廷焯《云韶集》）

◆常语耳，以初见故佳，再学便滥矣。“朱颜”本是山河，因归宋不敢言耳。若直说“山河改”，反又浅也。结亦恰到好处。（王闿运《湘绮楼词选》）

◆亡国之音，何哀思之深耶？传诵禁廷，不加悯而被祸，失国者不殉宗社，而任人宰割，良足伤矣。《后山诗话》谓秦少游词“飞红万点愁如海”出于后主“一江春水”句，《野客丛书》又谓白乐天之“欲识愁多少，高于滟滪堆”、刘禹锡之“水流无限似侬愁”，为后主词所祖，但以水喻愁，词家意所易到，屡见载籍，未必互相沿用。就词而论，李、刘、秦诸家之以水喻愁，不若后主之“春江”九字，真伤心人语也。（俞陛云《唐五代两宋词选释》）

◆奇语劈空而下，以传诵久，视若恒言矣。日日以泪洗面，遂不觉而厌春秋之长。岁岁花开，年年月满，前视茫茫，能无回首，固人情耳。“小楼昨夜又东风”，下一“又”字，与“何时了”密衔。而“故国”一句便是必然的转折。就章法言之，三与一，四与二，隔句相承也；一二与三四，情境互发也。但一气读下，竟不见有章法。后主又乌知所谓章法哉？而自然有了章法，情生文也。过片两句，示今昔之感，只是直说。其下两句，千古传名，实亦羌无故实，刘继增《笺注》所引《野客丛书》，以为本于白居易、刘禹锡，直梦呓耳。胡不曰本于《论语》“子在川上”一章，岂不更现成么？此所谓“直抒胸臆，非傍书史”者也。后人见一故实，便以为“因在是矣”，何其陋耶。……“恰似一江春水流”，后主语也，其词品似之。盖诗词之作，曲折似难而不难，唯直为难。直者何？奔放之谓也。直不难，奔放亦不难，难在于无尽。“恰似一江春水向东流”，无尽之奔放，可谓难矣。倾一杯水，杯倾水涸，有尽也，逝者如斯，不舍昼夜，无尽也。意竭于言则有尽，情深于词则无尽。“言之不足，故长言之；长言之不足，故嗟叹之”，老是那么“不足”，岂有尽欤？情深故也。人曰李后主是大天才，此无征不信，似是而非之说也。情一往而深，其春愁秋怨如之，其词笔复宛转哀伤，随其孤往，则谓为千古之名句可，谓为绝代之才人亦可。凡后主一切词皆当作如是观，不但此阕也，特于此发其凡耳。（俞平伯《读词偶得》）

乌夜啼

昨夜风兼雨，
帘帏飒飒秋声。
烛残漏断频欹枕，
起坐不能平。

世事漫随流水，
算来梦里浮生。
醉乡路稳宜频到，
此外不堪行。

◆此调亦唐教坊曲句也。人当清夜自省，宜嗔痴渐泯，作者转起坐不平，虽知浮生若梦，而无彻底觉悟，惟有借陶然一醉，聊以忘忧。此词若出于清谈之名流，善怀之秋士，便是妙词。乃以国主任兆民之重，而自甘颓弃，何耶？但论其词句，固能写牢愁之极致也。（俞陛云《唐五代两宋词选释》）

◆此首由景入情，写出人生之烦闷。夜来风雨无端，秋声飒飒，此境已令人愁绝，加之烛又残，漏又断，伤感愈甚矣。“起坐不能平”句，写尽抑郁塞胸，展转无眠之苦。换头，承上抒情，言旧事如梦，不堪回首。末两句，写人世茫茫，众生苦恼，尤为沉痛。后主词气象开朗，堂庑广大，悲天悯人之怀，随处流露，王静安谓：“道君不过自道身世之戚，后主则俨有释迦、基督担荷人类罪恶之意。”其言良然。（唐圭璋《唐宋词简释》）

一斛珠

晓妆初过，
沉檀轻注些儿个。
向人微露丁香颗，
一曲清歌，
暂引樱桃破。

罗袖裛残殷色可，
杯深旋被香醪涴。
绣床斜凭娇无那，
烂嚼红茸，
笑向檀郎唾。

◆描画精细，绝是一篇上好小题文字。（明潘游龙《古今诗馀醉》）

◆李后主《一斛珠》之结句云："绣床斜倚娇无那。烂嚼红绒，笑向檀郎唾。"此词亦为人所竞赏。予曰：此娼妇倚门腔、梨园献丑态也。嚼红绒以唾郎，与倚市门而大嚼，唾枣核瓜子以调路人者，其间不能以寸。优人演剧，每作此状，以发笑端，是深知其丑，而故意为之者也。不料填词之家，竟以此事谤美人，而后之读词者，又止重情趣，不问妍媸，复相传为韵事，谬乎不谬乎！无论情节难堪，即就字句之浅者论之，烂嚼打人诸腔口，几于俗杀，岂雅人词内所宜？（清李渔《窥词管见》）

◆词家多翻诗意入词，虽名流不免。吾常爱李后主《一斛珠》末句云："绣床斜凭娇无那，烂嚼红绒，笑向檀郎唾。"杨孟载《春绣》绝句云："闲情正在停针处，笑嚼红绒唾碧窗。"此却翻词入诗，弥子瑕竟效颦于南子。（清贺裳《皱水轩词筌》）

◆李后主词"烂嚼红绒，笑向檀郎唾"，李易安词"倚门回首，却把青梅嗅"，汪肇麟词"待他重与画眉时，细数郎轻薄"，皆酷肖小儿女情态。

（清李佳《左庵词话》）

◆画所不到，风流秀曼，失人君之度矣。（清陈廷焯《云韶集》）

◆虽绮靡之音，而上阕“破”字韵颇新颖。下阕“绣床”三句自是俊语。杨孟载袭用之，有《春绣》绝句云：“闲情正在停针处，笑嚼红绒唾碧窗。”翻用前人词语入诗，虽能手不免。（俞陛云《唐五代两宋词选释》）

◆此首咏佳人口。起两句，写佳人口注沉檀。“向人”三句，写佳人口引清歌。换头，写佳人口饮香醪。末三句，写佳人口唾红茸。通首自佳人之颜色服饰，以及声音笑貌，无不描画精细，如见如闻。（唐圭璋《唐宋词简释》）

◆后主在位十五年，保境安民，颇有小康之象。因得寄情声乐，荡侈不羁。《诗话类编》云：“后主尝微行倡家，乘醉大书石壁曰：‘浅斟低唱，偎红倚翠，太师鸳鸯寺主，传风流教法。’”此时宁复知世间有苦恼事？故在前期作品，类极风流蕴藉，堂皇富艳之观。其描写美人娇憨情态者，如《一斛珠》（略）。温馨艳丽，荡人心魄；又好用代词，如“丁香”、“樱桃”之类，颇受温庭筠影响。（龙榆生《南唐二主词叙论》）

子夜歌

人生愁恨何能免，
销魂独我情何限。
故国梦重归，
觉来双泪垂。

高楼谁与上？
长记秋晴望。
往事已成空，
还如一梦中。

◆后主乐府词云："故国梦初归，觉来双泪垂。"又云："小园昨夜又西风，故国不堪翘首月明中。"皆思故国者也。（宋马令《南唐书》）

◆回首可怜歌舞地。（清陈廷焯《云韶集》）

◆悠悠苍天，此何人哉！（同上）

◆起句用翻笔，明知难免，而我自消魂，愈觉埋愁之无地。马令《南唐书》本注谓"故国"二句与《虞美人》词"小楼昨夜"二句"皆思故国者也"。（俞陛云《唐五代两宋词选释》）

◆此首思故国，不假采饰，纯用白描。但句句重大，一往情深。起句两问，已将古往今来之人生及己之一生说明。"故国"句开，"觉来"句合，言梦归故国，及醒来之悲伤。换头，言近况之孤苦。高楼独上，秋晴空望，故国杳杳，销魂何限。"往事"句开，"还如"句合。上下两"梦"字亦幻，上言梦似真，下言真似梦也。（唐圭璋《唐宋词简释》）

◆马令《南唐书·后主书第五》注："后主乐府词云：'故国梦初归，觉来双泪垂！'又云：'小园昨夜又西风，故国不堪翘首月明中！'皆思故国者也。"这是李煜入宋后抒写亡国哀思的作品。前段是说人生都不免有愁恨，而我的情怀更觉难堪，这是泛指一般的情况。梦回故国，一觉醒来便流泪，这是专指特殊的情况。后段紧接特殊情况推进一层说，本来故国是不堪回首的，可是老是记着以前秋高气爽的时候跟人在楼上眺望的情事，现在叫谁跟我一起呢？看来旧事全是空幻的，只是像一场大梦罢了。从悲痛之极，无可奈何，归结到人生如梦，便觉真挚动人。（詹安泰《李璟李煜词》）

更漏子

金雀钗，红粉面，
花里暂时相见。
知我意，感君怜，
此情须问天。

香作穗，蜡成泪，
还似两人心意。
珊枕腻，锦衾寒，
觉来更漏残。

◆此词一作唐温庭筠作。

临江仙

樱桃落尽春归去，
蝶翻金粉双飞。
子规啼月小楼西，
画帘珠箔，惆怅卷金泥。

门巷寂寥人去后，
望残烟草低迷。
炉香闲袅凤凰儿，
空持罗带，回首恨依依。

◆《西清诗话》云："南唐后主围城中作长短句，未就而城破。'樱桃落尽春归去，蝶翻金粉双飞。子规啼月小楼西。曲栏金箔，帐惆卷金泥。门巷寂寥人去后，望残烟草低迷。'余尝见残稿，点染晦昧，心方危窘，不在书耳。艺祖云：'李煜若以作诗工夫治国事，岂为吾虏也。'"苕溪渔隐曰：余观《太祖实录》及《三朝正史》云："开宝七年十月，诏曹彬、潘美等率师伐江南。八年十一月，拔升州。"今后主词乃咏春景，决非十一月城破时作。《西清诗话》云"后主作长短句，未就而城破"，其言非也。然王师围金陵凡一年，后主于围城中春间作此诗，则不可知。是时其心岂不危窘？于此言之，乃可也。（宋胡仔《苕溪渔隐丛话》前集）

◆宣和间，蔡宝臣致君收南唐后主书数轴，来京师以献蔡絛约之。其一乃王师攻金陵城垂破时，仓皇中作一疏，祷于释氏，愿兵退之后许造佛像若干身、菩萨若干身，斋僧若干万员，建殿宇若干所，其数皆甚多。字画潦草，然皆遒劲可爱。盖危窘急中所书也。又有看经发愿文，自称"莲峰居士李煜"。又有长短句《临江仙》（词略），而无尾句，刘延仲为补之曰："何时重听玉骢嘶。扑帘飞絮，依约梦回时。"（宋张邦基《墨庄漫录》）

◆蔡絛作《西清诗话》，载江南李后主《临江仙》，云："围城中书，其尾不全。"以余考之，殆不然。余家藏李后主《七佛戒经》及杂书二本，皆作梵叶，中有《临江仙》，涂注数字，未尝不全。后则书李太白诗数章，似平日学书也。本江南中书舍人王克正家物。归陈魏公之孙世功君懋。余陈氏婿也。其词云："樱桃落尽春归去（下略）。"后有苏子由题云："凄凉怨慕，真亡国之音也。"（宋陈鹄《耆旧续闻》）

◆自古文人，虽在艰危困踣之中，亦不忘于制述。盖性之所嗜，虽鼎镬在前不恤也，况下于此者乎？李后主在围城中，可谓危矣，犹作长短句，所谓"樱桃落尽春归去（略）"，文未就而城破。蔡约之尝亲见其遗稿。（宋葛立方《韵语阳秋》）

◆汉高祖《大风》之歌曰："大风起兮云飞扬，威加海内兮归故乡，安得壮士兮守四方。"宋太祖咏日出之诗曰："欲出未出红刺刺，千山万山如火发。须臾拥出大金盆，赶退残星逐退月。"陈后主之诗曰："午醉醒来晚，无人梦自惊。夕阳如有意，偏傍小窗明。"南唐李后主之词曰："樱桃落尽春归去（略）。"合四君之所作而论之，则开基英雄之主与亡国衰弱之君，气象不同，居然可见。（元刘壎《隐居通议》）

◆李后主在围城中犹作长短句，未就而城破。其词云，"樱桃落尽春归去（略）。"其词是《临江仙》，凄婉有致。（明顾起元《客座赘语》）

◆南唐后主于围城中尚作长短句，未终阕而城破。词云："樱桃落尽春归去（略）。"艺祖曰："李煜若以作词手去治国事，岂为吾虏？"又，徽宗亦工长短句，方北去，在舟中作小词云："孟婆孟婆，你做些方便，吹个船儿倒转。"或曰："徽宗即李煜后身。"其然乎，其然乎。（清孙兆溎《片玉山房词话》）

◆低回留恋，宛转可怜。伤心语，不忍卒读。（清陈廷焯《词则·别调集》）

◆真可谓亡国之音，然又极含蓄蕴藉之致。（梁启勋《词学》）

望江南

多少恨，
昨夜梦魂中。
还似旧时游上苑，
车如流水马如龙。
花月正春风。

◆此首忆旧词，一片神行，如骏马驰坂，无处可停。所谓“恨”，恨在昨夜一梦也。昨夜所梦者何？“还似”二字领起，直贯以下十七字，实写梦中旧时游盛况。正面不着一笔，但以旧乐反衬，则今之愁极恨深，自不待言。此类小词，纯任性灵，无迹可寻，后人亦不能规摹其万一。（唐圭璋《唐宋词简释》）

◆这是李煜入宋后的作品。恨煞梦里的繁华景象，怕提旧事，怕听细乐，都深刻地表达出当时悲苦的心境。（詹安泰《李璟李煜词》）

望江南

多少泪，
断脸复横颐。
心事莫将和泪说，
凤笙休向泪时吹。
肠断更无疑。

◆唐词：“眼重眉褪不胜春。”李后主词：“多少泪，断脸复横颐。”元乐府：“眼馀眉剩。”皆祖唐词之语。（明杨慎《词品》）

◆后主词一片忧思，当领会于声调之外。君人而为此词，欲不亡国得乎？（清陈廷焯《词则·别调集》）

◆此词在唐时为单调，至宋时始为双调。后主词本单调为两首，故前后段各自用韵。“车水马龙”句为时传诵，当年之繁盛，今日之孤凄，欣戚之怀，相形而益见，两首意本一贯也。（俞陛云《唐五代两宋词选释》）

◆此二首为李煜降宋后作。前首因梦昔时春游苑囿车马之盛况，醒而含恨。后首乃念旧宫嫔妃之悲苦，因而作劝慰之语，故曰“莫将”、“休向”。更揣其时必已肠断，故曰“更无疑”。后主已成亡国之“臣虏”，乃不暇自悲而慰人之悲，亦太痴矣。昔人谓后主亡国后之词，乃以血写成者，言其语语真切，出自肺腑也。（刘永济《唐五代两宋词简析》）

◆此首直揭哀音，凄厉已极。诚有类夫春夜空山，杜鹃啼血也。断脸横颐，想见泪流之多。后主在汴，尝谓“此中日夕，只以眼泪洗面”，正可与此词印证。心事不必再说，撇去一层；凤笙不必再吹，又撇去一层。总以心中有无穷难言之隐，故有此沉愤决绝之语。“肠断”一句，承上说明心中悲哀，更见人间欢乐，于已无分，而苟延残喘，亦无多日，真伤心垂绝之音也！（唐圭璋《唐宋词简释》）

清平乐

别来春半，
触目愁肠断。
砌下落梅如雪乱，
拂了一身还满。

雁来音信无凭，
路遥归梦难成。
离恨恰如春草，
更行更远还生。

◆徐士俊云：末二句从杜诗“江草唤愁生”句来。（明卓人月《古今词统》）

◆“泪眼问花花不语，乱红飞过秋千去”，与此同妙。（清谭献《词辨》）

◆欧阳公“离愁渐远渐无穷”二语，从此脱胎。（清陈廷焯《云韶集》）

◆上段言愁之欲去仍来，犹雪花之拂了又满；下段言人之愈离愈远，犹草之更远还生，皆加倍写出离愁。且借花草取喻以渲染词句，更见婉妙。六一词之“行人更在青山外”，东坡诗之“但见乌帽出复没”，皆言极目征人，直至天尽处，与此词春草句，俱善状离情之深挚者。（俞陛云《唐五代两宋词选释》）

◆落梅雪乱，殆玉蝶之类也，春分固犹有残英。“砌下”二句，戏谓之摄影法。上下片均以折腰句结，“拂了一身还满”，二折也；“更行更远还生”，三折也。但如以逗号示之，便索然无味，虽不是黑漆断纹琴，亦就断纹以小洋刀深凿之耳。此二句善状花前痴立，怅怅何之，低回几许之神，似画而实画不到，诗情而兼有画意者。梅英如霰，不着一语惜之何？亦似不暇惜落花矣。谭献以欧阳修《采桑子》拟之，夫彼语有做作气，曰“与此同妙”，似失。“雁来”句轻轻地说，“路遥”句虚虚地说，似梦之不成，乃路远为之，何其微婉欤。读此觉赵德麟《锦堂春》“重门不锁相思梦，随意绕天涯”，便有伧夫气息，彼语岂不工巧，然而后主远矣。于愁则喻春水，于恨则喻春草，颇似重复，而“恰似一江春水向东流”，以长句一气直下，“更行更远还生”，以短语一波三折。句法之变换，直与春水春草之姿态韵味融成一片，外体物情，内抒心象，岂独妙肖，谓之入神可也。虽同一无尽，而千里长江，滔滔一往，绵绵芳草，寸接天涯，其所以无尽则不尽同也。词情调情之吻合，词之至者也。后主之词，此二者每为不可分之完整，其本愿悉出于自然，不假勉强。夫勉强而求合，岂有所谓不可分之完整耶？是以知其必出于自然也。无以言之，乃析言之，非制作之本也。（俞平伯《读词偶得》）

◆这是一首写离情的词。“砌下落梅”两句是写景，实际是“触目”的一个镜头。通过这两句，一方面点明“春半”的景色，一方面写出“愁肠断”。这首词不着力写愁，只说落梅“拂了一身还满”，可是他独立在花下很久很久，透露了伤春伤别的情绪。下片“雁来”两句，一方面说，不但家乡音信全无，而且连梦魂也难得归去。原来离别不能相见，音信是个慰藉，音信全无，那只有把希望寄托于梦中；现在连归梦都不能成，这就引出下面“离恨恰如春草，更行更远还生”二句来。春草遍地都是，用它形容愁恨之多。行人到了哪里，哪里有春草。好像离愁也跟到哪里，是说无法排遣愁恨，触目春光，都是愁绪。（夏承焘《唐宋词欣赏·南唐词》）

◆此首即景生情，妙在无一字一句之雕琢，纯是自然流露，丰神秀绝。起点时间，次写景物。“砌下”两句，即承“触目”二字写实，落花纷纷，人立其中；境乃灵境，人似仙人。拂了还满，既见落花之多，又见描摹之生动。愁肠之所以断者，亦以此故。中主是写风里落花，后主是写花里愁人，各极其妙。下片，承“别来”二字深入，别来无信一层，别来无梦一层。着末，又融合情景，说出无限离恨。眼前景，心中恨，打并一起，意

味深长。少游词云:“倚危亭,恨如芳草,萋萋刬尽还生。”周止庵以为神来之笔,实则亦袭此词也。(唐圭璋《唐宋词简释》)

采桑子

亭前春逐红英尽，
舞态徘徊。
细雨霏微，
不放双眉时暂开。

绿窗冷静芳音断，
香印成灰。
可奈情怀，
欲睡朦胧入梦来。

◆幽怨。（清陈廷焯《词则·别调集》）

◆这是春天怀人的词。前段说落花飞舞，细雨迷濛，触动了愁怀。后段说静待消息，无可奈何，形于梦寐。（詹安泰《李璟李煜词》）

喜迁莺

晓月坠，宿云微，
无语枕频欹。
梦回芳草思依依，
天远雁声稀。

啼莺散，馀花乱，
寂寞画堂深院。
片红休扫尽从伊，
留待舞人归。

◆此二词（指此首及《采桑子》“亭前春逐”）殆亦失国后所作。春晚花飞，宫人零落，芳讯则但祈入梦，落红则留待归人，皆极写无聊之思。《采桑子》词之眉头不放暂开，殆受归朝后禁令之严，微有怨词耶？（俞陛云《唐五代两宋词选释》）

◆这是抒写怀念一个欢爱的女子的小词。前半是说通宵梦想，消息沉沉，很觉难过。后半更从冷静堂院同时又是满地艳红的极不调和的氛围中描绘出矛盾冲突的心境。这样，尽管有触目伤心的落花（过去的人是把花象征美人，落花象征美人的遭遇的）也就索性不扫了。为什么不扫落花呢？第一，要留给欢爱的人看看，好花到了这个地步是多么可惜，来引起她的警惕；第二，要让欢爱的人明白，惜花的人对此又是多么难堪，来引起她的怜惜。总之，希望从这里来感动她，以后不再远离。说来虽很简单，意义却很深长的。陆淞《瑞鹤仙》词有这么一段：“阳台路迥（一作“远”），云雨梦，便无准。待归来，先指花梢教看，欲把心期（心愿）细问，问因循（随随便便，不稍改变）过了青春，怎生意稳（安）？”说得很透辟，虽怀念的对象有所不同，表达男女间的心情，正可互相印证。（詹安泰《李璟李煜词》）

蝶恋花

遥夜亭皋闲信步。
乍过清明，早觉伤春暮。
数点雨声风约住，
朦胧淡月云来去。

桃李依依春暗度。
谁在秋千，笑里低低语？
一片芳心千万绪，
人间没个安排处。

◆陈继儒云：何不寄愁天上，埋忧地下？（唐圭璋《南唐二主词汇笺》引）

◆片时佳景，两语留之。（明沈际飞《草堂诗馀正集》评“数点雨声”二句）

◆“红杏枝头春意闹”、“云破月来花弄影”，俱不及“数点雨声风约住，朦胧淡月云来去。”予尝谓李后主拙于治国，在词中犹不失为南面王。（清沈谦《填词杂说》）

◆上半首工于写景，风收残雨，以“约住”二字状之，殊妙。雨后残云，惟映以淡月，始见其长空来往，写风景宛然。结句言寸心之愁，而宇宙虽宽，竟无容处，其愁宁有际耶！唐人诗“此心方寸地，容得许多愁”，愁之为物，可谓放之则弥六合，卷之则退藏于密，惟能手得写出之。（俞陛云《唐五代两宋词选释》）

乌夜啼

林花谢了春红，
太匆匆。
无奈朝来寒雨晚来风。

胭脂泪，留人醉，
几时重？
自是人生长恨水长东。

◆前半阕濡染大笔。（清谭献《词辨》）

◆后主词，凄婉出飞卿之右，而骚意不及。（清陈廷焯《词则·大雅集》）

◆后主为樊若水所卖，举国与人。词借伤春为喻，恨风雨之摧花，犹逆臣之误国，迨魁柄一失，如水之东流，安能挽沧海尾闾，复鼓回澜之力耶！（俞陛云《唐五代两宋词选释》）

◆此词五段若一气读下，便如直头布袋，煮鹤焚琴矣。必须每韵作一小顿挫，则调情得而词情即见。词之致佳者，二者辄融会不分，此固余之前说也，得此而愈明。此词全用杜诗“林花着雨燕支湿”，却分作两片，可悟点化成句之法。上片只三韵耳，而一韵一折，犹书家所谓“无垂不缩”，特后主气度雄肆，虽骨子里笔笔在转换，而行之以浑然元气。谭献曰“濡染大笔”，殆谓此也。首叙，次断，三句溯其经过因由，花开花谢，朝朝暮暮，风风雨雨，片片丝丝，包孕甚广，试以散文译之，非恰好三小段而何？下片三短句一气读。忽入人事，似与上片断了脉络。细按之，不然。盖“春红”二字已远为“胭脂”作根，而匆匆风雨，又处处关合“泪”字。春红着雨，非胭脂泪欤？心理学者所谓联想也。结句转为重大之笔，与“一江春水”意同，而此特沉着。后主之词，兼有阳刚阴柔之美。（俞平伯《读词偶得》）

◆此首伤别，从惜花写起。“太匆匆”三字，极传惊叹之神。“无奈”句，又转怨恨之情，说出林花所以速谢之故。朝是雨打，晚是风吹，花何以堪，人何以堪，说花即以说人，语固双关也。“无奈”二字，且见无力护花，无计回天之意，一片珍惜怜爱之情，跃然纸上。下片，明点人事，以花落之易，触及人别离之易，花不得重上故枝，人亦不易重逢也。“几时重”三字轻顿。“自是”句重落。以水之必然长东，喻人之必然长恨，语最深刻。“自是”二字，尤能揭出人生苦闷之义蕴。此与“此外不堪行”，“肠断更无疑”诸语，皆以重笔收束，沉哀入骨。（唐圭璋《唐宋词简释》）

◆这首词怕也是李煜入宋后所作。前段写景物，虽是写客观的景物，但用“太匆匆”，用“无奈”，句意便转向主观的感受，而不是徒作客观的描写。融景入情，景为情使，是抒情而不是体物，景物只是作者所选用的素材，虽是特殊而带有普通的意义。读者在这里所感染到的是美好的东西横遭摧毁，并不限于“林花”，“林花”的命运如此，其他和“林花”同样命运的都如此。后段转到人事，把“林花”值得留恋比像女人留醉，也是举出一种最凄艳动人的事件来说的，个别而带有一般的性质，不局限于这一事件。从这些方面去理解，就有足够的力量来表现“人生长恨水长东”这样的一个意义极为深广的主题思想了。（詹安泰《李璟李煜词》）

长相思

云一緺，玉一梭，
淡淡衫儿薄薄罗。
轻颦双黛螺。

秋风多，雨相和，
帘外芭蕉三两窠。
夜长人奈何！

◆徐士俊云："云一緺，玉一梭"，缘饰尤佳。（明卓人月《古今词统》）

◆字字绮丽。结五字婉曲。（清陈廷焯《云韶集》）

◆情词凄婉。（清陈廷焯《词则·闲情集》）

◆上叠写出美人的颜色服饰，轻盈袅娜，正是一个"梨花一枝春带雨"的美人。而后叠拿风雨的愁境，衬出人的心情，浓淡相间，深刻无匹。（唐圭璋《词学论丛·李后主评传》）

◆上半也写一个女子的装束和情态。但给予读者的印象，不仅是一个女子的这种装束和情态而已，同时还可以看出她的苗条的身材，富于感情的内心以及她的整个标格和丰韵，觉得这是一个值得爱慕的女子。这原因，就和作者运用精炼准确的字句有关。如里面用了两个"一"字，一个"儿"字，一个"轻"字，两组重叠字"淡淡"和"薄薄"，都能够使得这个人物形象更加有"亭亭玉立"的风致，整个标格和丰韵都从中透露出来。（詹安泰《李璟李煜词·前言》）

捣练子令

深院静，小庭空，
断续寒砧断续风。
无奈夜长人不寐，
数声和月到帘栊。

◆李后主《捣练子》云（略）。词名《捣练子》，即咏捣练，乃唐词本体也。（明杨慎《词品》）

◆曲名《捣练子》，即以咏之，乃唐词本体。首二句言闻捣练之时，院静庭空，已写出幽悄之境。三句赋捣练。四、五句由闻砧者说到砧声之远递。通首赋捣练，而独夜怀人情味，摇漾于寒砧断续之中，可谓极此题能事。杨升庵谓旧本以此曲为《鹧鸪天》之后半首，尚有上半首云："塘水初澄似玉容，所思还在别离中。谁知九月初三夜，露似珍珠月似弓。"案《鹧鸪天》调，唐人罕填之。况"塘水"四句，全于捣练无涉，升庵之说未确。但露珠月弓，传诵词苑，自是佳句。（俞陛云《唐五代两宋词选释》）

◆此首闻砧而作。起两句，叙夜间庭院之寂静。"断续"句叙风送砧声，庭愈空，砧愈响，长夜迢迢，人自难眠。其中心之悲哀，亦可揣知。"无奈"二字，曲笔径转，贯下十二字，四层含意。夜既长，人又不寐。而砧声、月影，复并赴目前，此境凄迷，此情难堪矣。（唐圭璋《唐宋词简释》）

◆这词是写离怀别感的，自始至终没有一句不从这样的感情出发，拆开来看，句句都是可以独立抒发这种感情的境界。然而通首总共只有二十七个字，接触到人物本身的只有"无奈夜长人不寐"七个字，作者把其他许多足以引动离怀别感的情景——院静、庭空、寒风阵阵、砧声断续、月照帘栊都集中起来，向这不寐人侵袭，使这不寐人的离怀别感的深度和强度都突现在读者的眼前。这样地运用深刻的艺术构思，这样地运用高度概括的艺术手法，应该说是李煜在小词的创作上一种异常杰出的成就。古典作家在极短小的篇幅中能够表达出很深厚的感情，往往是在真实的生活基础上经过匠心独运千锤百炼的成果，是不能轻易看过的。（詹安泰《李璟李煜词·前言》）

浣溪沙

红日已高三丈透，
金炉次第添香兽。
红锦地衣随步皱。

佳人舞点金钗溜，
酒恶时拈花蕊嗅。
别殿遥闻箫鼓奏。

◆金陵人谓中酒曰酒恶，则知后主诗云："酒恶时拈花蕊嗅。"用乡人语也。（宋赵令畤《侯鲭录》）

◆欧阳文忠曰：诗源乎心者也。富贵愁怨，见乎所处。江南李氏巨富，有诗曰："帘日已高三丈透（略）。"与"时挑野菜和根煮，旋斫生柴带叶烧"异矣。（宋魏庆之《诗人玉屑》引《摭遗》）

◆帝王文章自有一般富贵气象。国初，江南遣徐铉来朝。铉欲以辨胜，至诵后主月诗云云。太祖皇帝但笑曰："此寒士语耳，吾不为也。吾微时，夜自华阴道中逢月出，有句云：'未离海底千山暗，才到中天万国明。'"铉闻，不觉骇然惊服。太祖虽无意为文，然出语雄健如此！予观李氏据江南，全盛时宫中诗曰："帘日已高三丈透（略）。"议者谓与"时挑野菜和根煮，旋斫生柴带叶烧"者异矣。然此尽是寻常说富贵语，非万乘天子体。予盖闻太祖一日与朝臣议论不合，叹曰："安得桑维翰者与之谋事乎！"左右曰："纵维翰在，陛下亦不能用之。盖维翰爱钱。"太祖曰："措大家眼孔小，赐与十万贯，则塞破屋子矣。"以此言之，不知彼所谓"金炉"、"红锦地衣"当费得几万贯？此语得无是措大家眼孔乎？（宋陈善《扪虱新话》）

◆写景之工者，如尹鹗"尽日醉寻春，归来月满身"，李重光"酒恶时拈花蕊嗅"……皆入神之句。（清贺裳《皱水轩词筌》）

◆《扪虱新话》云："帝王文章，自有一般富贵气象。"此语诚然。但时至日高三丈，而金炉始添兽炭，宫人趋走，始踏皱地衣，其倦勤晏起可知。恣舞而至金钗溜地，中酒而至嗅花为解，其酣嬉如是而犹未满足，箫鼓尚闻于别殿。作者自写其得意，如穆天子之为乐未央，适示人以荒宴无度，宁止杨升庵讥其忒富贵耶？但论其词，固极豪华妍丽之致。（俞陛云《唐五代两宋词选释》）

◆此南唐未亡前李煜所写宫中行乐之词。此时江南，生产力已发达，统治者享受极其侈靡，锦作地衣，即其证。（刘永济《唐五代两宋词简析》）

◆此首写江南盛时宫中歌舞情况。起言红日已高，点外景。次言金炉添香，地衣舞皱，皆宫中事。换头承上，极写宴乐。金钗舞溜，其舞之盛可知；花蕊频嗅，其醉之甚可知。末句，映带别殿箫鼓，写足处处繁华景象。（唐圭璋《唐宋词简释》）

菩萨蛮

花明月暗笼轻雾，
今宵好向郎边去。
刬袜步香阶，
手提金缕鞋。

画堂南畔见，
一向偎人颤。
奴为出来难，
教君恣意怜。

◆后主继室周后，昭惠之母弟也。警敏有才思，神彩端静。昭惠感疾，后常出入卧内，而昭惠未之知也。一日，因立帐前，昭惠惊曰："妹在此耶？"后幼，未识嫌疑。即以实告曰："既数日矣！"昭惠恶之，返卧不复顾。昭惠殂，后未胜礼服，待年宫中。明年，钟太后殂，后主服丧，故中宫位号久而未正。至开宝元年，始议立后为国后。……后自昭惠殂，常在禁中。后主乐府词有"刬袜步香阶，手提金缕鞋"之类，多传于外。至纳后，乃成礼而已。翌日，大宴群臣，韩熙载以下皆为诗以讽焉，而后主不之谴。（宋马令《南唐书·继室周后传》）

◆徐士俊云："花明月暗"一语，珠声玉价。（明卓人月《古今词统》）

◆结语极俚极真。（明潘游龙《古今诗馀醉》）

◆竟不是作词，恍如对话矣。如此等，《词的》中亦不多得。（明茅暎《词的》）

◆"刬袜"二语，细丽。"一晌"妙，香奁词有此，真乃工绝。后人着力描写，细按之总不逮古人。（清陈廷焯《云韶集》）

◆昭惠后之妹，因侍后疾而承恩，词为进御之夕作。"刬袜"二句想见花阴月暗，悄行多露之时。宫中事秘，后主乃张之以词，事传于外。继

立为后之日，韩熙载为诗讽之，而后主不恤人言也。（俞陛云《唐五代两宋词选释》）

◆此非泛写闺情之词，乃后主记与小周后幽会之事。马令《南唐书》载后主继室周后，即昭惠后之妹也，昭惠感疾，后尝在禁中，先与后主私，后主作《菩萨蛮》云云。按此词，后主自记，情景甚真。“偎人颤”者，又惊又喜之态也。（刘永济《唐五代两宋词简析》）

◆此首写小周后事，起点夜景，次述小周后匆遽出宫之状态。下片，写相见相怜之情事，景真情真，宛转生动。“奴为”两句，与牛给事之“须作一生拚，尽君今日欢”，同为狎昵已极之词。他如“潜来珠锁动，惊觉银屏梦”、“眼色暗相钩，秋波横欲流”诸词，亦皆实写当日情事也。（唐圭璋《唐宋词简释》）

◆这是描写一个女子偷偷地去和一个男人幽会的情况。开首先来这样的一个境界：娇艳的花，正开在朦胧淡月迷濛轻雾之中。似近似远，若隐若现，和主题的表现作了极其美妙的配合。接着用自己决定的口吻来点清主题。“划袜”以下，极其生动细致地塑造了一个双袜着地，一手提鞋，带着慌张的神情而又轻轻地跑着的形象，真是一张挺好的画面。后段先描绘她会见男人时片刻间的羞怯的状态，然后表白了自已的火热的爱情。由于机会的难得，不能不纵情淫乐。描写虽涉猥亵，但很大胆，很率真。（詹安泰《李璟李煜词》）

望江南

闲梦远，
南国正芳春。
船上管弦江面绿，
满城飞絮滚轻尘。
忙杀看花人。

◆此首写江南春景。“船上”句，写江南春水之美，及船上管弦之盛。“满城”句，写城中花絮之繁，九陌红尘与漫天之飞絮相混，想见宝马香车之喧与都城人士之狂欢情景。末句，揭出倾城看花，亦可见江南盛时上下酣嬉之状。（唐圭璋《唐宋词简释》）

◆这是李煜入宋后眷恋南唐的心情的一种表现。写的虽然只是美妙的境界，由于他对这美妙的境界的梦想和爱慕，就渗透着现实生活孤寂难堪的情味；写的虽然只是芳春和清秋中的个别的景物情事，由于他抓住了最具有代表性的最动人的东西作精细的刻划，就体现出整个美丽的南国的全貌。（詹安泰《李璟李煜词》）

望江南

闲梦远，
南国正清秋。
千里江山寒色远，
芦花深处泊孤舟。
笛在月明楼。

◆寥寥数语，括多少景物在内。（清陈廷焯《词则·别调集》）

◆此首写江南秋景，如一幅绝妙图画。“千里”句，写秋来江山之寥廓，与四野之萧条。“芦花”句，写远岸芦花之盛，与孤舟相映，情景兼到。末句，写月下笛声，尤觉秋思洋溢，凄动于中。孤舟，见行客之悲秋；笛声，见居人之悲秋。张若虚诗云“谁家今夜扁舟子，何处相思明月楼”，亦兼写行客与居人两面。后主词，正与之同妙。（唐圭璋《唐宋词简释》）

◆把整个南国最美妙动人值得留恋的具体情景，从芳春、清秋两个季节中的一些最突出的景物情事中勾画出来，使了解南国生活的读者感到这些情景确实足以代表南国最美好的风光，未到过南国的读者也不能不受到这些情景的感动而向往于南国的美好生活。这类的写法，有人仅仅理解为选择题材的问题。其实从艺术构思说，实是作者经过深刻的体验，仔细的思考之后，加以概括集中的成果。（詹安泰《李璟李煜词·前言》）

菩萨蛮

蓬莱院闭天台女，
画堂昼寝人无语。
抛枕翠云光，
绣衣闻异香。

潜来珠锁动，
惊觉银屏梦。
脸慢笑盈盈，
相看无限情。

◆这是描写在深院里和一个美貌的女子调情的情况。前段描写在一个深静的环境中是如何缠绵，如何沉醉。后段写“潜来”，写“惊觉”，写“笑”，写“相看”，精细刻画，生动活泼。通首都是真切生活的体现。（詹安泰《李璟李煜词》）

菩萨蛮

铜簧韵脆锵寒竹，
新声慢奏移纤玉。
眼色暗相钩，
秋波横欲流。

雨云深绣户，
未便谐衷素。
宴罢又成空，
梦迷春雨中。

◆徐士俊云：后主词率意都妙，即如“衷素”一字，出他人口便村。（明卓人月《古今词统》）

◆精切。（明沈际飞《草堂诗馀续集》）

◆后叠弱，可移赠妓。（同上）

◆《古今词话》云：“词为继立周后作也。”幽情丽句，固为侧艳之词，赖次首末句以迷梦结之，尚未违贞则。（俞陛云《唐五代两宋词选释》）

◆这是在筵席上钟情和依恋一个奏乐的女子的自白。先写声乐和演奏的情况，次写情感相通，再次写谐合的未便，最后写魂牵梦萦。有人从“未便”的本子并据《古今词话》的说法，认为这是李煜曾经幽会过的女子（指小周后），“雨云”两句是宕开，是联想两人谐合的情况，以下才拍合写现场的生活。也通。（詹安泰《李璟李煜词》）

阮郎归 呈郑王十二弟

东风吹水日衔山，
春来长是闲。
落花狼藉酒阑珊，
笙歌醉梦间。

佩声悄，晚妆残，
凭谁整翠鬟？
留连光景惜朱颜，
黄昏独倚阑。

◆从善字子师，元宗第七子。……开宝四年遣朝京师，太祖已有意召后主归阙，即拜从善泰宁军节度使，留京师，赐甲第汴阳坊。……后主闻命，手疏求从善归国。太祖不许，上疏示从善，加恩慰抚，幕府将吏皆授常参官以宠之。而后主愈悲思，每凭高北望，泣下沾襟，左右不敢仰视。由是岁时游燕，多罢不讲。尝制《却登高文》曰："玉斝澄醪，金盘绣糕，茱房气烈，菊蕊香豪。左右进而言曰：'惟芳时之令月，可藉野以登高，矧上林之伺幸，而秋光之待褒乎？'告之曰：'昔予之壮也，意如马，心如猱，情槃乐恣，欢赏忘劳。悁心志于金石，泥花月于诗骚。轻五陵之得侣，陋三秦之选曹。量珠聘妓，纫彩维艘。被墙宇以耗帛，论丘山而委糟。年年不负登临节，岁岁何曾舍逸遨。小作花枝金剪菊，长裁罗被翠为袍。岂知萑苇乎性，忘长夜之靡靡；宴安其毒，累大德于滔滔。今予之齿老矣！心凄焉而忉忉：怆家艰之如毁，萦离绪之郁陶。陟彼冈兮跻予足，望复关兮睇予目。原有鸰兮相从飞，嗟予季兮不来归。空苍苍兮风凄凄，心踯躅兮泪涟洏。无一欢之可作，有万绪以缠悲。于戏噫嘻！尔之告我，曾非所宜。'"从善妃屡诣后主号泣。后主闻其至，辄避去。妃忧愤而卒。国人哀怜之。国亡改授右神武大将军。太平兴国初改右千牛卫上将军。

雍熙四年卒，年四十八。（宋陆游《南唐书》）

◆意绪亦似归宋后作。（明沈际飞《草堂诗馀正集》）

◆徐士俊云：后主归宋后，词常用“闲”字，总之闲不过耳，可怜。（明卓人月《古今词统》）

◆李于鳞：上写其如醉如梦，下有黄昏独坐之寂寞。又云：似天台仙女，伫望归期，神思为阮郎飘荡。（唐圭璋《南唐二主词汇笺》引）

◆词为十二弟郑王作。开宝四年，令郑王从善入朝，太祖拘留之。后主疏请放归，不允。每凭高北望，泣下沾襟。此词春暮怀人，倚阑极目，黯然有鸰原之思。煜虽孱主，亦性情中人也。（俞陛云《唐五代两宋词选释》）

◆这是独居无欢的生活和心情的表白。前段写一任芳春虚度，无心欣赏，取乐。后段写幽独无偶，对景自怜。（詹安泰《李璟李煜词》）

浪淘沙

往事只堪哀，
对景难排。
秋风庭院藓侵阶。
一行珠帘闲不卷，
终日谁来？

金剑已沉埋，
壮气蒿莱。
晚凉天净月华开。
想得玉楼瑶殿影，
空照秦淮。

◆此在汴京念秣陵事作，读不忍竟。（明沈际飞《草堂诗馀续集》）

◆起五字凄婉，却来得突兀，故妙。凄恻之词而笔力精健，古今词人谁不低首。（清陈廷焯《云韶集》）

◆藓阶帘静，凄寂等于长门，“金锁”二句有铁锁沉江、王气黯然之慨。回首秦淮，宜其凄咽。唐人《浪淘沙》，本七言断句，至后主始制二段，每段尚存七言诗二句，盖因旧曲名而别创新声也。原注谓此词昔已散佚，乃自池州夏氏家藏传播者。（俞陛云《唐五代两宋词选释》）

◆此首念秣陵。上片，白昼凄清状况，哀思弥切。起两句，总括全篇。“秋风”一句，补实上句难排之景。秋风袅袅，苔藓满阶，想见荒凉无人之情，与当年“春殿嫔娥鱼贯列”之盛较之，真有天渊之别。“一行”两句，极致孤独之哀。后主入汴以后之生活，于此可见。换头，自叹当年之意气都已销尽。“晚凉”一句，点月出。“想得”两句，因月生感，怅望无极。月影空照秦淮，画出失国后惨淡景象。（唐圭璋《唐宋词简释》）

◆这是李煜抒写入宋后怀念南唐的一种哀痛的心情。前后段都先以无比怨愤的声调冲激而出，然后通过具体的生活现象和内心活动来表达当时十分难堪的情况。前段写风景撩人，而珠帘不卷，无谁告语，是日间生活的难堪。后段写天清月白，想起秦淮河畔的楼殿，只有影儿投入河里，一切繁华旧事，都成空花，是夜间生活的难堪。日夜并举，用突出的形象，作高度的概括。（詹安泰《李璟李煜词》）

采桑子

辘轳金井梧桐晚，
几树惊秋。
昼雨新愁，
百尺虾须在玉钩。

琼窗春断双蛾皱，
回首边头。
欲寄鳞游，
九曲寒波不溯流。

◆何关鱼雁山水，而词人一往寄情，煞甚相关，秦、李诸人，多用此诀。（明沈际飞《草堂诗馀正集》）

◆李于鳞云：上“愁绝不绝浑如雨”，下“情思欲诉寄与鳞”。观其愁情欲寄处，自是一字一泪。（唐圭璋《南唐二主词汇笺》引）

◆上阕宫树惊秋，卷帘凝望，寓怀远之思。故下阕云回首边头，音书不到，当是忆弟郑王北去而作，与《阮郎归》调同意。此词墨迹在王季宫判院家。《墨庄漫录》称后主书法，“遒劲可爱”，可称书词双美。此调《词谱》作《丑奴儿令》。（俞陛云《唐五代两宋词选释》）

◆这词是抒写秋愁无限，离情难寄。前段用一些具体景物勾画出秋愁，并实写客居独处，愁心紧闭，无从排遣的环境。后段承上意更进一步说断送了美好生活，已觉难挨，想把这心情写上书信，寄给远人，路途曲折遥远，更无从达到。（詹安泰《李璟李煜词》）

虞美人

风回小院庭芜绿，
柳眼春相续。
凭阑半日独无言，
依旧竹声新月似当年。

笙歌未散尊前在，
池面冰初解。
烛明香暗画堂深，
满鬓清霜残雪思难任。

◆此亦在汴京忆旧乎？华疏采会，哀音断绝。（明沈际飞《草堂诗馀续集》）

◆二词（指两首《虞美人》）终当以神品目之。（清谭献《词辨》）

◆五代词句多高浑，而次句“柳眼春相续”及上首《采桑子》之“九曲寒波不溯流”琢句工炼，略似南宋慢体。此词上、下段结句，情文悱恻，凄韵欲流。如方干诗之佳句，乘风欲去也。（俞陛云《唐五代两宋词选释》）

◆后主之作多不耐描写外物，此却以景为主，写景中情，故取说之。虽曰写景，仍不肯多用气力，其归结终在于情怀，环诵数过殆可明了。实写景物全篇只首二句。李义山诗“花须柳眼各无赖”，“柳眼”佳，“春相续”更佳，似春光在眼，无尽连绵。于是凭阑凝睇，惘惘低头，片念俄生，即所谓“竹声新月似当年”也。以下立即堕入忆想之中，玩“柳眼春相续”一语，似当前春景，艳浓浓矣，而忆念所及偏在春先，姿态从平凡自然之间，逗露出狡狯变幻来，截搭却令人不觉。其脉络在“竹声新月”上，盖竹声新月，固无间于春光之浅深者也，拈出一不变之景，轻轻搭过，有藕断丝牵之妙。眼前春物昌昌，只风回小院而已，青芜绿柳而已，其他不得着片语。若当年，虽坚冰始泮，春意未融，然而已尊罍也，笙歌也，香烛也，画堂也，何其浓至耶。春浅如此，何待春深，春深其可忆耶。虚实之景，眼下心前互相映照，情在其中矣。结句萧飒憔悴之极，毫无姿态，如银瓶落井，直下不回。古人填词，结语每拙，况蕙风标举“重拙大”三字，鄙意唯拙难耳。（俞平伯《读词偶得》）

◆此首忆旧词，起点春景，次入人事。风回柳绿，又是一年景色，自后主视之，能毋增慨。凭阑脉脉之中，寄恨深矣。“依旧”一句，猛忆当年今日。景物依稀。而人事则不堪回首。下片承上，申述当年笙歌饮宴之乐。“满鬓”句，勒转今情，振起全篇。自摹白发穷愁之态，尤令人悲痛。（唐圭璋《唐宋词简释》）

◆这词是抒写春天的愁思。从春天的景物写起。说“春相续”，便有无穷境界从蝉联中透露出来。说“独无言”，便包蕴着无谁共语和不堪言说的痛苦心情。说“似当年”，便见得当年在同样的景况中是如何值得依恋，也显示出“独无言”的痛苦心情是在苦乐悬殊的对比中产生出来的。像这样的写法，是多么概括！多么精炼！“笙歌”以下把境界扩大了，是从“竹声新月似当年”引出来的。自上段的“半日”、“新月”到下段的“烛明香暗”，把整个活动的过程都紧密地贯穿着，所以尽管从各个方面表现了错综复杂的情事和景物，结构却很严密、完整。篇末总说愁思的难堪和愁思得衰老的样子。古人往往用鬓发白来表明愁思的结果的，李白《秋浦歌》的“白发三千丈，缘愁似个长”，是很明显的例证。（詹安泰《李璟李煜词》）

玉楼春

晚妆初了明肌雪，
春殿嫔娥鱼贯列。
笙箫吹断水云间，
重按霓裳歌遍彻。

临风谁更飘香屑，
醉拍阑干情味切。
归时休照烛花红，
待放马蹄清夜月。

◆“归来休放烛花红，待踏马蹄清夜月。”致语也。“问君能有几多愁，恰似一江春水向东流。”情语也。后主直是词手。（明王世贞《弇州山人词评》）

◆何等富丽侈纵。观此，那得不失江山。（明杨慎《评点草堂诗馀》）

◆李后主宫中未尝点烛，每至夜则悬大宝珠，光照一室如日中。尝赋《玉楼春》宫词曰（略）。（明蒋一葵《尧山堂外纪》）

◆此驾幸之词，不同于宫人自叙。“莫教踏碎琼瑶”，“待踏清夜月”，总是爱月，可谓生瑜生亮。（明沈际飞《草堂诗馀正集》）

◆侈纵已极，那得不失江山？《浪淘沙》词即极凄楚，何足赎也。（同上）

◆《玉楼春》“重按《霓裳》歌遍彻”，《霓裳曲》十二遍而终，见香山诗自注。“临风谁更飘香屑”，“飘香屑”，疑指落花言之。（清许昂霄《词综偶评》）

◆豪宕。（清谭献《谭评词辨》）

◆风雅疏狂，失人君之度矣。（清陈廷焯《云韶集》）

◆此在南唐全盛时所作，按《霓羽》之清歌，爇沉香之甲煎，归时复踏月清游，洵风雅自喜者。唐元宗后，李主亦无愁天子也。此词极富贵，而《浪淘沙令》“流水落花春去也，天上人间”，又极凄惋，则富贵亦一场春梦耳。《霓裳曲》天宝后散失，南唐昭惠后善歌舞，得其残谱，审定缺坠，以琵琶奏之，遗曲复传。故上段结句云：“重按《霓裳》。”洪刍《香谱》谓后主自制“帐中香”，“以丁香、沉香及檀麝等各一两，甲香三两，皆细研成屑，取鹅梨汁蒸干焚之”。故下段首句云风飘香屑，殆即“帐中香”也。“清夜月”结句极清超之致。（俞陛云《唐五代两宋词选释》）

◆此首亦写江南盛时景象。起叙嫔娥之美与嫔娥之众，次叙春殿歌舞之盛。下片，更叙殿中香气氤氲与人之陶醉。“归时”两句，转出踏月之意，想见后主风流豪迈之襟抱，与“花间”之局促房栊者，固自有别也。（唐圭璋《唐宋词简释》）

◆这是李煜前期的作品，描述在宫殿中纵情游乐的情形。前段写出场有许多美人奏乐歌唱的盛况。后段刻画洋洋得意的神态，直至收场踏月归去。（詹安泰《李璟李煜词》）

◆昭惠国后周氏，小字娥皇，司徒宗之女。十九岁归皇宫。通书史，善歌舞，尤工琵琶。尝为寿元宗前，元宗叹其工，以烧槽琵琶赐之，盖元宗宝惜之器也。后于采戏、弈棋，靡不妙绝。……创为高髻纤裳及首翘鬓朵之妆，人皆效之。尝雪夜酣燕，举杯请后主起舞。后主曰：“汝能创为新声，则可矣。”后即命笺缀谱，喉无滞音，笔无停思，俄顷谱成，所谓《邀醉舞破》也。又有《恨来迟破》，亦后所制。故唐盛时，《霓裳羽衣》最为大曲，乱离之后，绝不复传，后得残谱，以琵琶奏之，于是开元、天宝之遗音复传于世。内史舍人徐铉闻之于国工曹生，铉亦知音，问曰：“法曲终则缓，此声乃反急，何也？”曹生曰：“旧谱实缓，宫中有人易之，非吉征也。”后主以后好音律，因亦耽嗜，废政事。监察御史张宪切谏，赐帛三十匹，以旌敢言，然不为辍也。（清吴任臣《十国春秋》）

子夜歌

寻春须是先春早，
看花莫待花枝老。
缥色玉柔擎，
醅浮盏面清。

何妨频笑粲，
禁苑春归晚。
同醉与闲平，
诗随羯鼓成。

◆这是写春天里在禁苑中过着饮酒赋诗的闲适生活。开首由人生应该及时行乐说起，次说女人劝酒，次说欣赏禁苑的春色，最后说赋诗。通篇都写得比较自然平淡，和主题相适应。（詹安泰《李璟李煜词》）

谢新恩

秦楼不见吹箫女，
空馀上苑风光。
粉英金蕊自低昂。
东风恼我，
才发一衿香。

琼窗梦留残日，
当年得恨何长！
碧阑干外映垂杨。
暂时相见，
如梦懒思量。

◆这是思念一个女人的小词。一开首就很明白地指出：风光依旧，所欢不见。前段写眼前景物，而用“自低昂”、“恼我”等，就渗透着自己的观点和感受在里面。后段写怀旧心情，而联系着“碧阑干外映垂杨”这一境界，仍和眼前景物相一致。煞尾说到“如梦懒思量”，就见出相思结果还只是相思，这味道已怕再尝下去了，真有说不尽的苦处！（詹安泰《李璟李煜词》）

谢新恩

樱花落尽阶前月，
象床愁倚熏笼。
远似去年今日恨还同。

双鬟不整云憔悴，
泪沾红抹胸。
何处相思苦，
纱窗醉梦中。

◆这是描写一个女人思念男人的情况。首先描绘了一幅最能引动怀念远人的画面：樱花满地，春光转眼就过去了，明月当空，又照着空房独守的人。在这样的环境中，想起自己的年华易逝，想起两人的愉快生活，就会触景伤情，不能不缩到房子里去“愁倚熏笼”了。“去年今日恨还同”，更说明了像这样的情况已不止一年，进一步加深加长了恨的表现。“女为悦己者容”，所爱的人既然不见，怎么不首如飞蓬，泪沾抹胸呢？这形象很生动也很真实。末两句以相思的苦况作结。（詹安泰《李璟李煜词》）

谢新恩

庭空客散人归后，
画堂半掩珠帘。
林风淅淅夜厌厌。
小楼新月，
回首自纤纤。
（以下缺）

谢新恩

春光镇在人空老，
新愁往恨何穷？
金窗力困起还慵。
（以下缺）
一声羌笛，
惊起醉怡容。

谢新恩

樱桃落尽春将困，
秋千架下归时。
漏暗斜月迟迟，
花在枝。
（以下缺十二字）
彻晓纱窗下，
待来君不知。

谢新恩

冉冉秋光留不住，
满阶红叶暮。
又是过重阳，
台榭登临处，茱萸香坠。

紫菊气，飘庭户，
晚烟笼细雨。
嗈嗈新雁咽寒声，
愁恨年年长相似。

破阵子

四十年来家国，
三千里地山河。
凤阁龙楼连霄汉，
玉树琼枝作烟萝。
几曾识干戈？

一旦归为臣虏，
沈腰潘鬓消磨。
最是仓皇辞庙日，
教坊犹奏别离歌。
垂泪对宫娥。

◆苏轼《书李主词》："三十馀年家国（略）。"后主既为樊若水所卖，举国与人，故当恸哭于九庙之外，谢其民而后行，顾乃挥泪宫娥，听教坊离曲哉！（宋苏轼《东坡志林》）

◆东坡书李后主去国之词云："最是仓皇辞庙日，教坊犹奏别离歌。挥泪对宫娥。"以为后主失国，当恸哭于庙门之外，谢其民而后行，乃对宫娥听乐，形于词句。予观梁武帝启侯景之祸，涂炭江左，以至覆亡。乃曰："自我得之，自我失之，亦复何恨？"其不知罪己，亦甚矣。窦婴救灌夫，其夫人谏止之。婴曰："侯自我得之，自我捐之，无所恨。"梁武帝用此言而非也。（宋洪迈《容斋随笔》）

◆苏东坡记李后主去国词云："最是仓皇辞庙日，教坊犹奏别离歌。挥泪对宫娥。"以为后主失国，当恸哭于庙门之外，谢其民而后行。乃对宫娥听乐，形于词句。余谓此词决非后主词也，特后人附会为之耳。观曹彬下江南时，后主豫令宫中积薪，誓言若社稷失守，当携血肉以赴火。其厉志如此。后虽不免归朝，然当是时，更有甚教坊，何暇对宫娥也。（宋袁文《瓮牖闲评》。王仲闻《南唐二主词校订》按：袁文谓“是时更有甚教坊，何暇对宫娥”，当近事实。惟此词未必即为去国时作。后主被俘，初无生意，当时必不暇吟咏。此词或为后来追赋，曾有墨迹流传，故东坡有题跋。教坊、宫娥，乃诗人夸张手法，不定为事实。袁文之说虽是，不免胶柱鼓瑟。）

◆项羽夜闻汉军四面皆楚歌，泣数行下。歌曰：“力拔山兮气盖世。时不利兮骓不逝。骓不逝兮可奈何。虞兮虞兮奈若何。”又《东坡志林》载李后主去国之词云：“四十馀年家国（略）。”东坡谓后主当恸哭于九庙之下，谢其民而后行。顾乃挥泪对宫娥。其词凄怆，同出一揆。然羽为差胜。其悲歌慷慨，犹有喑呜叱咤之气，后主浑是养成儿女之态耳。如梁武帝稔侯景之祸，毒流江左。乃曰：“自我得之，自我失之，亦复何恨。”此说虽与二者不同，如穷儿呼卢，骤胜骤负，无所爱惜。特付之一拚耳。呜呼！安得此亡国之言哉。（宋萧参《希通录》“论亡国之主”）

◆东坡谓后主既为樊若水所卖，举国与人，故当恸哭于九庙之外，谢其民而后行。何乃挥泪对宫娥听教坊离曲？然不独后主然也。安禄山之乱，明皇将迁幸，当是时，渔阳鼙鼓惊破《霓裳》，天子下殿走矣，犹恋恋于梨园一曲，何异挥泪对宫娥乎？后主尝寄旧宫人书云：“此中日夕只以眼泪洗面。”而旧宫人入掖庭者手写佛经为李郎资冥福。此种情况，自是可怜。乃太宗以“小楼昨夜又东风”置之死地，不犹炀帝以“空梁落燕泥”杀薛道衡乎？（清尤侗《西堂杂俎》）

◆案此词或是追赋。倘煜是时犹作词，则全无心肝矣。至若挥泪听歌，特词人偶然语，且据煜词，则挥泪本为哭庙，而离歌乃伶人见煜辞庙而自奏耳。（明毛先舒《南唐拾遗记》）

◆讥之者曰仓皇辞庙，不挥泪于宗社而挥泪于宫娥，其失业也宜矣。不知以为君之道责后主，则当责之于垂泪之日，不当责之于亡国之时。若以填词之法绳后主，则此泪对宫娥挥为有情，对宗社挥为乏味也。此与宋蓉塘讥白香山诗谓忆妓多于忆民，同一腐论。（清梁绍壬《两般秋雨庵随笔》）

◆此首后主北上后追赋之词。上片，极写当年江南之豪华，气魄沉雄，实开宋人豪放一派。换头，骤转被虏后之凄凉与被虏后之憔悴。今昔对照，警动异常。“最是”三句，忽忆当年临别时最惨痛之事。当年江南陷落之际，后主哭庙，宫娥哭主，哀乐声、悲歌声、哭声合成一片，直干云霄。宁复知人间何世耶！后主于此事，印象最深，故归汴以后，一念及之，辄为肠断。论者谓此词凄怆，与项羽拔山之歌，同出一揆。后主聪明仁恕，不独笃于父子昆弟夫妇之情，即臣民宫娥，亦无不一体爱护。故江南人闻后主死，皆巷哭失声，设斋祭奠。而宫娥之入掖庭者，又手写佛经，为后主资冥福。亦可见后主感人之深矣。（唐圭璋《唐宋词简释》）

浪淘沙令

帘外雨潺潺，
春意阑珊。
罗衾不耐五更寒。
梦里不知身是客，
一晌贪欢。

独自莫凭栏，
无限江山。
别时容易见时难。
流水落花春去也，
天上人间。

◆江南李后主，尝一日幸后湖。开宴赏花，忽作古诗云："蓼梢蘸水火不灭，水鸟惊鱼银梭投。满目荷花千万顷，红碧相杂敷清流。孙武已斩吴宫女，琉璃池上佳人头。"当时识者咸谓"吴宫"中而有"佳人头"，非吉兆也。是年王师吊伐，城将破，或梦丱角女子行空中，以巨箍箍物，散落如豆，着地皆人头。问其故，曰："此当死难者。"最后一人冠服堕地，云此徐舍人也。既寤，徐锴已死围城中。当围城时，作长短句云："樱桃落尽春归去（略）。"章未就，而城破。及归朝后，每怀江国，且念嫔妾散落，郁郁不自聊。尝作长短句云："帘外雨潺潺（略）。"含思凄婉，殆不胜情。又尝乘醉大书诸牖曰："万古到头归一死，醉乡葬地有高原。"醒而见之大悔。未几果下世。又"青鸟不传云外信，丁香空结雨中愁"，又"鬓从近日添新白，菊是去年依旧黄"，又"江南江北旧家乡，三十年来梦一场"，皆意气不满，非久享富贵者。其兆先谶于言辞，《乐记》云"亡国之音哀以思"，其斯之谓欤？（宋佚名《分门古今类事》）

◆《颜氏家训》曰："别易会难，古人所重。江南饯送，下泣言离。北间风俗不屑此，歧路言离，欢笑分首。”李后主长短句盖用此耳。故云：“别时容易见时难。”又云：“别易会难无可奈。”然颜说又本《文选》陆士衡《答贾谧》诗云：“分索则易，携手实难。”（宋吴曾《能改斋漫录》）

◆梁简文帝为侯景幽于永福省，将崩，诗云：“宝剑藏龙匣，神龙逐陆居；有意聊思句，无情堪著书。”湘东王被害时诗：“南风且绝唱，西陵最可悲；今日还蒿里，终非封禅时。”北齐高欢后主为周灭时，为诗曰：“龙楼绝行迹，凤阙求无因；独知明月夜，遥想邺城人。”李后主归宋后，念嫔妃散落，作长短句云：“帘外雨潺潺（略）。”数日后下世。杨溥为徐知诰逼迁于江南时，诗云：“烟凝楚岫愁千点，雨洒吴江泪万行。兄弟四人三百口，不堪独坐细思量。”宋徽宗在北时诗：“国破山河在，人非殿宇空；中原何日事，搔首赋《车攻》。”“投老汗城北，西江又是秋。中原心耿耿，南北泪悠悠。尝胆思贤佐，颙情忆旧游。故宫禾黍遍，行役闵宗周。”又：“杳杳神京路八千，宗祧隔越已经年。衰残病渴那能久，辛苦穷荒敢怨天。”右六主所咏，虽有高下，皆非闻蟆声而问公私，黜大臣而不知者，甘于困辱而不能死社稷，此帝王所以贵德而不贵才云。（明郎瑛《七修类稿》）

◆“梦觉”语妙，那知半生富贵，醒亦是梦耶？末句，可言不可言，伤哉。（明沈际飞《草堂诗馀正集》）

◆结句“春去也”，悲悼万状。（明李攀龙《草堂诗馀隽》）

◆绵邈飘忽之音，最为感人深至。李后主之“梦里不知身是客，一晌贪欢”，所以独绝也。（郭麐《灵芬馆词话》）

◆《浪淘沙》全首语意惨然。（清许昂霄《词综偶评》）

◆雄奇幽怨，乃兼二难。后起稼轩，稍伧父矣。（清谭献《词辨》）

◆结得怨惋，尤妙在神不外散，而有流动之致。（清陈廷焯《词则·大雅集》）

◆李后主词“梦里不知是身是客，一晌贪欢”，张蜕岩词“客里不知身是梦，只在吴山”，行役之情，见于言外，足以知畦径之所自。（清张德

瀛《词徵》）

◆古诗“行行重行行”，寻常白话耳。赵宋人诗亦说白话，能有此气骨否？李后主词“帘外雨潺潺”，寻常白话耳。金元人词亦说白话，能有此缠绵否？（清陈锐《袌碧斋词话》）

◆此词略摹失路焚巢之象，令人欲碎唾壶。此间甚乐，较蜀主似为有情。（清吴瑞荣《唐诗笺要》）

◆高妙超脱，一往情深。（王闿运《湘绮楼词选》）

◆言梦中之欢，益见醒后之悲。昔日歌舞《霓裳》，不堪回首。结句“天上人间”，三句怆然欲绝。此归朝后所作。尚有《破阵子》词，则白马迎降时作。其词之末句云：“最是仓皇辞庙日……挥泪对宫娥。”人讥其临别之泪，不挥宗社而对于宫娥。讥之诚当，但词则纪当时实事，想见其去国惨状。《浪淘沙令》尤极凄黯之音，如峡猿之三声肠断也。（俞陛云《唐五代两宋词选释》）

渔　父

阆苑有情千里雪，
桃李无言一队春。
一壶酒，一竿身，
快活如侬有几人？

◆卫贤，京兆人，仕南唐为内供奉。初师尹继昭，后刻苦不倦，执学吴生。长于楼观殿宇、盘车水磨，于时见称。予尝于富商高氏家观贤画《盘车水磨图》，及故大丞相文懿张公第有《春江钓叟图》，上有南唐李后主金索书《渔父》词二首（略）。（宋刘道醇《五代名画补遗》）

渔　父

一棹春风一叶舟，
一纶茧缕一轻钩。
花满渚，酒满瓯，
万顷波中得自由。

◆杜诗“丹霞一缕轻”，李后主《渔父》词“茧缕一钩轻”，胡少汲诗“隋堤烟雨一帆轻”；至若骚人于渔父则曰“一蓑烟雨”，于农夫则曰“一犁春雨”，于舟子则曰“一篙春水”，皆曲尽形容之妙也。（宋俞成《萤雪丛说》）

乌夜啼

无言独上西楼，
月如钩。
寂寞梧桐深院锁清秋。

剪不断，理还乱，
是离愁。
别是一般滋味在心头。

◆此词最凄惋，所谓亡国之音哀以思也。（宋黄昇《唐宋诸贤绝妙词选》）

◆七情所至，浅尝者说破，深尝者说不破。破之浅，不破之深。“别是”句妙。（明沈际飞《草堂诗馀续集》）

◆绝无皇帝气。可人，可人。（明茅暎《词的》）

◆南唐后主重光名煜，作《乌夜啼》一词，最为凄惋。词曰：“无言独上西楼（略）。”所谓亡国之音哀以思也。（清徐釚《词苑丛谈》引《词苑》）

◆凄凉况味，欲言难言，滴滴是泪。（清陈廷焯《云韶集》）

◆哀感顽艳。妙，只说不出。（清陈廷焯《词则·大雅集》）

◆词之妙处，亦别是一般滋味。（王闿运《湘绮楼词选》）

◆后阕仅十八字，而肠回心倒，一片凄异之音，伤心人固别有怀抱。《花庵词选》云：“所谓亡国之音哀以思。”（俞陛云《唐五代两宋词选释》）

◆此亦李煜降宋后作。前首上半阕表面似惜花，实乃自悲如林花已谢，且谢得“太匆匆”，而朝雨、晚风尚摧残之不已，故曰“无奈”。下半阕因念，今日虽欲求如临别之时泪眼留醉亦不可得矣，何况重返故国，故曰“人生长恨”如“水长东”。后首上半阕言所处之寂寞。下半阕满腹离怨，无语可以形容，故朴直说出。“别是”句，尤为沉痛。盖亡国君之滋味，实尽人世悲苦之滋味无可与比者，故曰“别是一般”。此二首表面似春、秋闺怨之词，因不敢明抒己情，而托之闺人离思也。（刘永济《唐五代两宋词简析》）

捣练子

云鬓乱，晚妆残，
带恨眉儿远岫攒。
斜托香腮春笋嫩，
为谁和泪倚阑干？

◆杨用修席芬名阀，涉笔瑰丽。自负见闻赅博，不恤杜撰肆欺。迹其忍俊不禁，信有奇思妙语，非寻常才俊所及。尝云：李后主《捣练子》“深院静”、“云鬓乱”二阕，曩见一旧本，并是《鹧鸪天》：“塘水初澄似玉容。所思犹在别离中。谁知九月初三夜，露似珍珠月似弓。　深院静，小庭空。断续声随断续风。无奈夜长人不寐，数声和月到帘拢。”“节候虽佳景渐阑。吴绫已暖越罗寒。朱扉日暮无风掩，一树藤花独自看。　云鬓乱，晚妆残。带恨眉儿远岫攒。斜托香腮春笋嫩，为谁和泪倚阑干。”以“塘水初澄”比方玉容，其为妙肖，匪夷所思。“云鬓乱”阕前段，尤能以画家白描法，形容一极贞静之思妇。绫罗间之暖寒，非深闺弱质，工愁善感者，体会不到。“一树藤花”，确是人家庭院景物。曰“独自看”，其殆《白华》之诗，无营无欲之旨乎。“扉无风而自掩”，境至清寂，无一点尘。如此云云，可知“远岫眉攒”、“倚阑和泪”，皆是至真至正之情，有合风人之旨。即词境词格亦与之俱高。虽重光复起，宜无间然。或犹讥其响壁虚造，宁非固欤。（况周颐《蕙风词话》）

◆这首所写的美人，不是严妆，也不是淡妆，是一个乱头粗服的美人，有“天寒翠袖薄，日暮倚修竹”的矜贵，而加上了愁恨的态度。（唐圭璋《词学论丛·李后主评传》）

柳　枝

风情渐老见春羞，
到处芳魂感旧游。
多见长条似相识，
强垂烟穗拂人头。

总 评

王灼《碧鸡漫志》　唐末五代，文章之陋极矣，独乐章可喜，虽乏高韵，而一种奇巧，各自立格，不相沿袭。在士大夫犹有可言，若昭宗“野烟生碧树，陌上行人去”，岂非作者。诸国僭主中，李重光、王衍、孟昶、霸主钱俶，习于富贵，以歌酒自娱。而庄宗同父兴代北，生长戎马间，百战之馀，亦造语有思致。国初平一宇内，法度礼乐，浸复全盛。而士大夫乐章顿衰于昔日，此尤可怪。

朱晞颜《跋周氏埙篪乐府引》　旧传唐人《麟角》、《兰畹》、《尊前》、《花间》等集，富艳流丽，动荡心目，其源盖出于王建《宫词》，而其流则韩偓《香奁》、李义山《西昆》之馀波也。五季之末，若江南李后主、西川孟蜀王，号称雅制，观其忧幽隐恨，触物寓情，亡国之音，哀思极矣。洎宋欧、苏出，而一扫衰世之陋，有不以文章而直得造化之妙者。抑岂轻薄儿、纨绔子，游词浪语，而为诲淫之具哉！其后稼轩、清真，各立门户，或以清旷为高，或以纤巧为美，正如桑叶食蚕，不知中边之味为如何耳。最晚姜白石尧章以音律之学，为宋称首。其遣词缀谱，迥出尘俗，真有“一洗万古凡马空”之气。

郑瑗《蜩笑偶言》　刘禅既为安乐公，而侍宴喜笑，无蜀技之感，司马昭哂其无情。李煜既为违命侯，而词章凄惋，有故国之思，马令讥其大愚。噫！国破身辱之人，瞻望故都，思与不思，无往而不招诮，古人所以贵死社稷也。

胡应麟《少室山房笔丛》　六朝、五季，始若不侔而末极相类。陈、隋二主，固鲁卫之政，乃南唐、孟蜀二后主于词曲皆致工，蜀则韦庄在昶前，唐则冯、韩诸人唱酬，煜世并宋元滥觞也。

胡应麟《诗薮》　南唐中主、后主皆有文。后主一目重瞳子，乐府为宋人一代开山祖。盖温、韦虽藻丽，而气颇伤促，意不胜辞，至此君方是当行作家，清便宛转，词家王、孟。

秦士奇《草堂诗馀叙》　李、晏、柳七、秦七、“云破月来花弄影”郎中、“红杏枝头春意闹”尚书，闺彦若易安居士，词之正也。至温、韦艳而促，黄九精而刻，长公骚而壮，幼安辨而奇，又词之变体也。至竹屋、姜白石、史梅溪、吴梦窗诸人，格调迥出清新。故词流于唐而盛于宋。

卓人月《古今词统》　徐士俊云：后主、易安直是词中之妖，恨二李不相遇。

沈谦《填词杂说》　男中李后主，女中李易安，极是当行本色。

又　“红杏枝头春意闹”、“云破月来花弄影”，俱不及“数点雨声风约住，朦胧淡月云来去”。予尝谓李后主拙于治国，在词中犹不失为南面王，觉张郎中、宋尚书，直衙官耳。

纳兰成德《渌水亭杂识》　《花间》之词如古玉器，贵重而不适用，宋词适用而少贵重。李后主兼有其美，更饶烟水迷离之致。

余怀《玉琴斋词序》　李重光风流才子，误作人主，致有入宋牵机之恨。其所作之词，一字一珠，非他家所能及也。

夏秉衡《历代词选序》　唐末五代，李后主、和成绩、韦端已辈出，语极工丽而体制未备。至南北宋而作者日盛，如清真、石帚、竹山、梅溪、玉田诸集，雅正超忽，可谓词家上乘矣。

王又华《古今词论》　李后主拙于治国，在词中犹不失为南面王。觉张郎中、宋尚书，直衙官耳。

王时翔《莫荆琰词序》　词自晚唐温、韦主于柔婉，五季之末，李后主以哀艳之辞倡于上，而下皆靡然从之。入宋号为极盛，然欧阳、秦、黄诸君子且不免相沿袭，周、柳之徒无论已。独苏长公能盘硬语与时异，趋而复失之粗。南渡后得辛稼轩寄情于豪宕中，其所制往往凄凉悲壮，在古乐府与魏武埒。斯可语于诗之变雅矣。

汪筠《读词综书后二十首》　南唐凄婉太痴生，吞吐春月不自明。一拍一杯还一梦，直地亡国为新声。

李其永《读历朝词杂兴》　无限思量去故宫，岂知双燕意难通。居然小令南唐好，一晌贪欢是梦中。

郑方坤《论词绝句》　梧桐深院诉情悰，夜雨罗衾梦尚浓。一种哀音兆亡国，燕山又寄恨重重。

沈道宽《论词绝句》　南朝令主擅风流，吹彻寒笙坐小楼。自是词章称克肖，一江春水泻春愁。

周之琦《词评》　予谓重光天籁也，恐非人力所及。

谭莹《论词绝句》　伤心秋月与春花，独自凭栏度年华。便作词人秦柳上，如何偏属帝王家。

又　念家山破了南唐，亡国音哀事可伤。叔宝后身身世似，端如诗里说陈王。

周济《介存斋论词杂著》　李后主词，如生马驹，不受控捉。毛嫱、西施，天下美妇人也，严妆佳，淡妆亦佳，粗服乱头，不掩国色。飞卿，严妆也。端己，淡妆也。后主，则粗服乱头矣。

张德瀛《词徵》　男中李后主，女中李易安，极是当行本色，前此太白，故称词家三李，此沈去矜说也。宋时严仁、严羽、严参，称邵武三严。嘉兴李武曾与其兄绳远、弟符亦称三李。可云前后辉映。

谢章铤《赌棋山庄词话》　容若尝曰："《花间》之词如古玉器，贵重而不适用，宋词适用而少贵重。李后主兼有其美，更饶烟水迷离之致。"

谢章铤《叶辰溪我闻室词序》　词渊源三百篇，萌芽古乐府，成体于唐，盛于宋，衰于元明，复昌于国朝。温、李，正始之音也；晏、秦，当行之技也；稼轩出，始用气；白石出，始立格。

吴衡照《莲子居词话》　十国时风雅才调，无过于南唐后主，次则蜀两后主，又次则吴越忠懿王。

谭献《复堂词话》　后主之词，足当太白诗篇，高奇无匹。

冯煦《蒿庵论词》　少游以绝尘之才，早与胜流，不可一世，而一谪南荒，遽丧灵宝。故所为词，寄慨身世，闲雅有情思，酒边花下，一往而深，而怨悱不乱，悄乎得《小雅》之遗。后主而后，一人而已。

冯煦《论词绝句》　梦编罗衾夜未央，秦淮一碧照兴亡。落花流水春归去，一种消魂是李郎。

樊增祥《东溪草堂词选自序》　五季之世，二李为工。后主思深理约，致兼风雅。匪微一朝之隽，抑亦百世之宗。降而端己《浣花》之篇，正中《阳春》之录，因寄所托，归于忠爱，抑其亚也。

又　声音感人，回肠荡气，以李重光为君；演绎和畅而有则，以周美成为极；清劲有骨，淡雅居宗，以姜尧章为最。至于长短皆宜，高下应节，亦终无过于美成者。

陈廷焯《白雨斋词话》　后主词思路凄惋，词场本色，不及飞卿之厚，自胜牛松卿辈。

又　端己《菩萨蛮》四章，惓惓故国之思，而意婉词直，一变飞卿面目，然消息正自相通。余尝谓后主之视飞卿，合而离者也。端己之视飞卿，离而合者也。

又　李后主、晏叔原皆非词中正声，而其词则无人不爱，以其情胜也。情不深而为词，虽雅不韵，何足感人。

陈廷焯《词坛丛话》　词至五代，譬之于诗，两宋犹三唐，五代犹六朝也。后主小令，冠绝一时。韦端己亦不在其下。终五代之际，当以冯正中为巨擘。

陈廷焯《云韶集》　五代词，犹初唐之诗也。李后主情词凄婉，独步一时。和成绩、韦端己、毛平珪三家，语极工丽，风骨稍逊。孙孟文崛起，笔力之高，庶几唐人。自冯正中出，始极词人之工，上接飞卿，下开欧、晏，五代词人，断推巨擘。

又　后主词，凄艳出飞卿之右，晏、欧之祖也。

陈廷焯《词则·大雅集》　后主词凄绝出飞卿之右，而骚意不及。

王鹏运《半塘老人遗稿》　莲峰居士词，超逸绝伦，虚灵在骨。芝兰空谷，未足比其芳华；笙鹤瑶天，讵能方兹清怨？后起之秀，格调气韵之间，或月日至，得十一于千百，若小晏，若徽庙，其殆庶几。断代南渡，嗣音阒然，盖间气所钟，以谓词中之帝，当之无愧色矣。

况周颐《蕙风词话》　唐五代词并不易学，五代词尤不必学，何也？五代词人丁运会，迁流至极，燕酣成风，藻丽相尚。其所为词，即能沉至，只在词中。艳而有骨，只是艳骨。学之能造其域，未为斯道增重。矧徒得其似乎？其铮铮佼佼者，如李重光之性灵，韦端己之风度，冯正中之堂庑，岂操觚之士能方其万一？

况周颐《历代词人考略》　后主词无上上乘，一字一珠，勿庸选择。

王僧保《论词绝句》　落花流水寄唏嘘，如此才情绝世稀。谁遣斯人作天子，江山满目泪沾衣。（《餐樱庑词话》引）

蔡嵩云《柯亭词论》　词尚自然固矣，但亦不可一概论。无论何种文艺，其在初期，莫不出乎自然，本无所谓法。渐进则法立，更进则法密。文学技术日进，人工遂多于自然矣。词之进展，亦不外此轨辙。唐五代小令，为词之初期，故《花间》、后主、正中之词，均自然多于人工。宋初小令，如欧、秦、二晏之流，所作以精到胜，与唐五代稍异，盖人工甚于自然矣。

李璟词集

应天长

一钩初月临妆镜，
蝉鬓凤钗慵不整。
重帘静，层楼迥，
惆怅落花风不定。

柳堤芳草径，
梦断辘轳金井。
昨夜更阑酒醒，
春愁过却病。

◆流便。（明沈际飞《草堂诗馀续集》）

◆“风不定”三字中有多少愁怨，不禁触目伤心也。结笔凄婉，元人小曲有此凄凉，无此温婉。古人所以为高。（清陈廷焯《云韶集》）

◆词写春夜之愁怀。“初月”、“蝉鬓”二句先言黄昏人倦，“重帘”三句更言楼静听风。下阕闻柳堤汲井，晓梦惊回，皆昨夜之情事。至结句乃点明更阑酒醒，愁病交加。通首由黄昏至晓起回忆，次第写来，柔情宛转，与周清真之《蝶恋花》词由破晓而睡起、而送别，亦次第写来，同一格局。其结句点睛处，周词云“露寒人远鸡相应”，从行者着想；此言春愁兼病，从居者着想，词句异而言情写怨同也。（俞陛云《唐五代两宋词选释》）

◆这词是描写一个女人伤春伤别的心情。开首写她心情很不愉快，懒得对镜梳妆，接着写她所处的环境：楼高人静，风吹花落，越发引动青春易逝之感。这都是从现场生活作精细的刻画。以下更加强了描写的广度和深度：说在那柳荫下芳草中共同游乐的人，现在梦想也不可到，这就把境界扩大了；说昨夜曾灯前对酒，意图消除愁闷，可是夜深酒醒，春愁更增，比病还要难受，这就把情味加深了。通过这样的各个方面的描写，这伤春伤别的女人的生活现象和内心活动便很突出地呈现在读者的眼前。这是很简炼、深刻的写法。这词结构的完整性也是值得注意的：开首说早起，结尾说昨夜，首尾很密切地贯通着，正由于昨夜的酒醒愁多，今早才无心梳洗（这种写法，传统上叫“逆写”，因先说现在，再说过去，在次序上是逆溯）；上段结尾写风花不定，下段接着说柳堤芳草，也联系得很紧。既然感到风飘花落的难堪，进一步就自然会依恋着过去的趁时游乐的生活了。这样的写法，虽然不是一个什么公式，但“首尾相救，过片不断”，就词的结构的完整性来说，还是值得注意的。（詹安泰《李璟李煜词》）

望远行

碧砌花光锦绣明，
朱扉长日镇长扃。
馀寒不去梦难成，
炉香烟冷自亭亭。

辽阳月，秣陵砧，
不传消息但传情。
黄金窗下忽然惊，
征人归日二毛生。

◆髀里肉，鬓边毛，千秋同慨。（明卓人月《古今词统》）

◆上阕写所处一面之情景。惟寒梦难成，醒眼无聊，但见炉烟之亭亭自袅，善写孤寂之境。其下辽阳、秣陵，始两面兼写。“传情”二字见闻砧对月，两地同怀。结句言忽见北客南来，雪窖远归，鬓丝都白，则行役之劳，与怀思之久，从可知矣。（俞陛云《唐五代两宋词选释》）

◆这是一首抒写怀念远人的小词。日间花光明媚，正堪游乐，而这人闭门不出，既然可以看出这人的心已蒙上了重重的暗影，无法开朗了；加以夜间睡不着，老是在等待着什么似的，更可以看出这人的心已煎熬到极其焦迫的境地；何况又传来月下的砧声，声声捣碎离人心，而消息依然是沉沉！过着这样度日如年的生活的人，发出“回得家时头发该是斑白了”的惊叹，就成为合情合理的事了。篇中可能是表现一种意图不易实现，到实现时又怕过了时限不能发生作用的一种矛盾曲折的心情。由于作者运用了映衬、联想、渲染种种的艺术手法（开首是映衬，“炉香”句是联想，“残月”两句是渲染），通过具体生动的形象表现出来，就使得作品充满了生活的气息。使人感到的是反映生活的真实而不是抽象的概括。（詹安泰《李璟李煜词》）

山花子

菡萏香销翠叶残，
西风愁起绿波间。
还与容光共憔悴，
不堪看。

细雨梦回鸡塞远，
小楼吹彻玉笙寒。
多少泪珠何限恨，
倚阑干。

◆元宗乐府词云：“小楼吹彻玉笙寒”，延巳有“风乍起，吹皱一池春水”之句，皆为警策。元宗尝戏延巳曰：“吹皱一池春水，干卿何事？”延巳曰：“未如陛下‘小楼吹彻玉笙寒’。”元宗悦。（《南唐书·冯延巳传》）

◆荆公问山谷云：“作小词曾看李后主词否？”云：“曾看。”荆公云：“何处最好？”山谷以“一江春水向东流”为对。荆公云：“未若‘细雨梦回鸡塞远，小楼吹彻玉笙寒’。又‘细雨湿流光’最好。”（宋胡仔《苕溪渔隐丛话》前集引《雪浪斋日记》）

◆苕溪渔隐曰：《古今诗话》云：“江南成文幼为大理卿，词曲妙绝。尝作《谒金门》云：‘风乍起，吹皱一池春水。’中主闻之，因案狱稽滞，召诘之。且谓曰：‘卿职在典刑，一池春水，又何干于卿？’文幼顿首。”又《本事曲》云：“南唐李国主尝责其臣曰：‘吹皱一池春水，干卿何事？’盖赵公所撰《谒金门》辞，有此一句，最警策。其臣即对曰：‘未如陛下小楼吹彻玉笙寒。’”若《本事曲》所记，但云赵公，初无其名，所传必误。惟《南唐书》与《古今诗话》二说不同，未详孰是。（宋胡仔《苕溪渔隐丛话》后集）

◆“塞远”、“笙寒”二句，字字秋矣。（明沈际飞《草堂诗馀正集》）

◆少游“指冷玉笙寒，吹彻小梅春透”，翻入春词，不相上下。（同上）

◆南唐主语冯延巳曰：“‘风乍起，吹皱一池春水。’何与卿事？”冯曰：“未若‘细雨梦回鸡塞远，小楼吹彻玉笙寒。’不可使闻于邻国。”然细看词意，含蓄尚多。至少游“无端银烛殒秋风，灵犀得暗通。相看有似梦初回，只恐又抛人去，几时来”，则竟为蔓草之偕臧，顿丘之执别，一一自供矣。词虽小技，亦见世风之升降。沿流则易，溯洄实难，一入其中，势不自禁。即余生平，亦悔习此技。（清贺裳《皱水轩词筌》）

◆“细雨”二句合看，乃愈见其妙。（清许昂霄《词综偶评》）

◆《南唐书》载元宗手写《摊破浣溪沙》二词赐乐部王感化（词略）。情致如许，当是叔宝后身。（清徐釚《词苑丛谈》）

◆南唐中主《山花子》云：“还与韶光共憔悴，不堪看。”沉之至，郁之至，凄然欲绝。后主虽善言情，卒不能出其右也。（清陈廷焯《白雨斋词话》）

◆凄然欲绝，只在无可说处。（清陈廷焯《云韶集》）

◆选声配色，恰是词语。（王闿运《湘绮楼词选》）

◆冯延巳对中主语，极推重“小楼”七字，谓胜于己作。今就词境论，“小楼”句固极绮思清愁，而冯之“风乍起，吹皱一池春水”，托思空灵，胜于中主。冯语殆媚兹一人耶？（俞陛云《唐五代两宋词选释》）

◆南唐中主词“菡萏香销翠叶残，西风愁起绿波间”，大有众芳芜秽、美人迟暮之感。乃古今独赏其“细雨梦回鸡塞远，小楼吹彻玉笙寒”，故知解人正不易得。（王国维《人间词话》）

◆中宗诸作，自以《山花子》二首为最，盖赐乐部王感化者也。此词之佳，在于沉郁，夫菡萏销翠，愁起西风，与韶光无涉也，而在伤心人见之，则夏景繁盛，亦易摧残，与春光同此憔悴耳。故一则曰“不堪看”，一则曰“何限恨”，其顿挫空灵处，全是情景融洽，不事雕琢，凄然欲绝。至“细雨”“小楼”二语，为“西风愁起”之点染语，炼词虽工，非一篇中之

至胜处，而世人竞赏此二语，亦可谓不善读者矣。（吴梅《词学通论》）

◆此首秋思词。首两句，从景物凋残写起，中间已含有无穷悲秋之感。“还与”两句，触景伤情，拍合人物。“不堪看”三字，笔力千钧，沉郁之至，较之李易安“人比黄花瘦”句，诚觉有仙凡之别。换头，别开一境，似断实连，一句远，一句近，作法与前首同。梦回细雨，凝想人在塞外，怅惘已极，而独处小楼，惟有吹笙以寄恨，但风雨楼高，吹笙既久，致笙寒凝水，每不应律，两句对举，名隽高华，古今共传。陆龟蒙诗云：“妾思正如簧，时时望君暖。”中主词意正用此。而少游“指冷玉笙寒”句，则又从中主翻出。或谓玉笙吹彻，小楼寒侵，则非是也。末两句承上，申述悲恨。“倚阑干”三字结束，含蓄不尽。（唐圭璋《唐宋词简释》）

山花子

手卷真珠上玉钩,
依前春恨锁重楼。
风里落花谁是主?
思悠悠。

青鸟不传云外信,
丁香空结雨中愁。
回首绿波三楚暮,
接天流。

◆王感化,建州人。善讴歌,声韵悠扬,清振林木。初隶光山乐籍,后入金陵,系乐部为“歌板色”。保大中绝有宠。元宗暑月曲宴相臣严续等于北苑,有老牛息大树之阴,命乐工咏之,感化遽进曰:“困卧斜阳噍枯草,近来问喘更无人。”续等有惭色。元宗尝作《浣溪沙》二阕,手书赐感化,“菡萏香销翠叶残”与“手卷珠帘上玉钩”是也。后主即位,感化以词札上,后主感动,优赏之。(清吴任臣《十国春秋》)

◆李煜作诗,大率都悲感愁戚,如“青鸟不传云外信,丁香空结雨中愁”,“鬓从今日添新白,菊是去年依旧黄”之类。然思清句雅可爱。(宋阮阅《诗话总龟》前集引《翰府名谈》)

◆前人评杜诗云:“红豆啄残鹦鹉粒,碧梧栖老凤凰枝。”若云:“鹦鹉啄残红豆粒,凤凰栖老碧梧枝。”便不是好句。余谓词曲亦然,李景有曲“手卷真珠上玉钩”,或改为“珠帘”。舒信道有曲云“十年马上春如梦”,或改云“如春梦”,非所谓遇知音。(宋胡仔《苕溪渔隐丛话》前集引《漫叟诗话》)

◆落花一事而用意各别,亦妙。(明沈际飞《草堂诗馀正集》)

◆“细雨梦回鸡塞远,小楼吹彻玉笙寒”,“青鸟不传云外信,丁香空

结雨中愁”，“无可奈何花落去，似曾相识燕归来”，非律诗俊语乎？然是天成一段词也，著诗不得。（明王世贞《艺苑卮言》）

◆那不魂销，绮丽竿绵。置之元明以后，便成绝妙好词，缘彼时尚以古为贵故。（清陈廷焯《云韶集》）

◆按“手卷珠帘”，似可旷日舒怀矣，谁知依然“恨锁重楼”。所以恨者何也？见落花无主，不觉心共悠悠耳，且远信不来，幽愁空结。第见三峡波接天流，此恨何能自已乎！清和婉转，词旨秀颖。然以帝王为之，则非治世之音矣。（清黄苏《蓼园词评》）

◆此调为唐教坊曲，有数名。《词谱》名《山花子》，《梅苑》名《添字浣溪沙》，《乐府雅词》名《摊破浣溪沙》，《高丽乐史》名《感恩多》，因中主有此词，又名《南唐浣溪沙》。即每句七字《浣溪沙》之别体。其结句加“思悠悠”、“接天流”三字句，申足上句之意，以荡漾出之，较七字结句，别有神味。《翰苑名谈》云：“清雅可诵。”《弇州山人词评》称“青鸟”二句为“非律诗俊语乎？然是天成一段词也，著诗不得。”（俞陛云《唐五代两宋词选》）

◆或疑古代生活即使豪奢，未必用真珠作帘，堆金积玉，毋乃滥乎？此泥于写实之俗说，失却前人饰词遣藻之旨矣。其用意在唤起一高华之景，与本篇一引温“水精帘里颇黎枕”事例相同，说为“没有”，固与词意枘凿；说为“必有”，亦属刻舟求剑也。关于词藻之用法，孰可孰否，事涉微细，此不得详也。此总写幽居之子。珠帘手卷，郑重出之，庶睹夷旷，涤兹伊郁，然重楼深锁，春恨依前也。“锁”字半虚半实，锤炼精当，可以体玩。下文说到春风时作，飘转残红，“无主”二字，略略点出本意。结句三字，有愈想愈远，轻轻放下之妙。掩卷冥想，欲易此三字，其可得乎？下片较平实，遂少佳胜。“青鸟”出《山海经·海内北经》。西王母原系怪异，后故事转变，即为美人之代语，故笺注引汉武帝故事以实之。“丁香”用李义山诗“芭蕉不展丁香结，同向春风各自愁”。即上文“青鸟”，亦疑用玉溪“青雀西飞竟未回”也。“三楚”，谓东、西、南楚也，《花庵》、《草堂》均作“三峡”。（俞平伯《读词偶得》）

◆此首直抒胸臆，清俊宛转。其中情景融成一片，已不能显分痕迹。首句“手卷真珠”，平平叙起，但所以卷帘者，则图稍释愁恨也。故此句看似平淡，实已含无限幽怨。次句承上，凄苦尤甚，盖欲图销恨，而恨依然未销也，两句自为开合。下文更从“依前春恨”句宕开，原恨所以依然未销者，则以帘外落花，风飘无主耳；花落无主，人去亦无主，故见落花，又不禁引起悠悠遐思矣。换头，承“思悠悠”来，一句远，一句近，两句亦自为开合。所思者何？云外之人也；云外之人既不至，云外之信亦不至，其哀伤为何如。“丁香”句，又添出雨中景色，花愈离披，春愈阑珊，愁愈深切矣。“回首”两句，别转江天茫茫之景作结，大笔振迅，气象雄伟，而悠悠此恨，更何能已。通首一气蝉联，刀挥不断，而清空舒卷，跌宕昭彰，洵可称词中神品。（唐圭璋《唐宋词简释》）

总　评

胡仔《苕溪渔隐丛话》后集　李易安云：乐府声诗并著，最盛于唐。……自后郑、卫之声日炽，流靡之变日烦，已有《菩萨蛮》、《春光好》、《莎鸡子》、《更漏子》、《浣溪沙》、《梦江南》、《渔父》等词，不可遍举。五代干戈，四海瓜分豆剖，斯文道熄。独江南李氏君臣尚文雅，故有"小楼吹彻玉笙寒"、"吹皱一池春水"之词，语虽奇甚，所谓"亡国之音哀以思"也。

杨慎《词品》　五代僭伪十国之主，蜀之王衍、孟昶，南唐之李景、李煜，吴越之钱俶，皆能文，而小词尤工。如王衍之"月明如水浸宫殿"，元人用之为传奇曲子。孟昶之《洞仙歌》，东坡极称之。钱俶"金凤欲飞遭掣搦。情脉脉。行即玉楼云雨隔"，为宋艺祖所赏，惜不见其全篇。

黄河清《草堂诗馀续集序》　词固乐府铙歌之滥，李供奉、王右丞开其美，南唐李氏父子实弘其业。

彭孙遹《旷庵词序》　历观古今诸词，其以景语胜者，必芊绵而温丽者也；其以情语胜者，必淫艳而佻巧者也。情景合则婉约而不失之淫，情景离则儇浅而或流于荡。如温、韦、二李、少游、美成诸家，率皆以秾至之景写哀怨之情，称美一时，流声千载。

沈初《论词绝句十八首》　南朝乐府最清妍，建业伤心万户烟。谁料简文宫体后，李王风致更翩翩。

江顺诒《词学集成》　比词于诗，原可以初、盛、中、晚论，而不可以时代后先分。如南唐二主似唐之初，秦、柳之琐屑，周、张之纤靡，已近于晚。

同上　顾梁汾云："容若词一种凄婉处，令人不忍卒读。人言愁我始欲愁。"陈其年云："《饮水词》，哀感顽艳，得南唐二主之遗。"

杨希闵《词轨》　二主词读之使人悄怆失志，亡国之响也。然真意流露，音节凄婉，善学者，宜得意于形迹之外。

李慈铭《越缦堂读书记》　余于词非当家，所作者真诗馀耳。然于此中颇有微悟，盖必若近若远，忽去忽来，如蛱蝶穿花，深深款款；又须于无情无绪中，令人十步九回，如佛言食蜜，中边皆甜。古来得此旨者，南唐二主、六一、安陆、淮海、小山及李易安《漱玉词》耳。屯田近俗，稼轩近霸，而两家佳处，均契渊微。

冯煦《蒿庵论词》　词至南唐，二主作于上，正中和于下，诣微造极，得未曾有。宋初诸家，靡不祖述二主，宪章正中，譬之欧、虞、褚、薛之书，皆出逸少。晏同叔去五代未远，馨烈所扇，得之最先，故左宫右徵，和婉而明丽，为北宋倚声家初祖。刘攽《中山诗话》谓"元献喜冯延巳歌词，其所自作，亦不减延巳"，信然。

樊增祥《东溪草堂词选自序》　五季之世，二李为王。后主思深理约，致兼风雅。匪惟一朝之隽，抑亦百世之宗。

陈廷焯《云韶集》　（李璟词）凄然欲绝，后主虽工于怨词，总逊此哀婉沉至。

张祥龄《词论》　文章风气，如四序迁移，莫知为而为，故谓之运。左春右秋，冰虫之见，生今反古，是冬箑夏炉，乌乎能。安序顺天，愚者一得。昌黎起八代之衰，亦运使然。南唐二主、冯延巳之属，固为词家宗主，然是勾萌，枝叶未备。小山、耆卿而春矣，清真、白石而夏矣。梦窗、碧山已秋矣。至《白云》，万宝告成，不可推徙，元故以曲继之。此天运之终也。

唐圭璋《南唐二主词总评》　自来论南唐二主词者，无不赏其艺术高奇，秀逸绝伦，既超过西蜀《花间》，又为宋人一代开山。

龙榆生《南唐二主词叙论》　中主实有无限感伤，非仅流连光景之作。王国维独赏其"菡萏香销翠叶残，西风愁起绿波间"二语，谓“大有众芳芜秽，美人迟暮之感”（《人间词话》），似犹未能了解中主心情。论世知人，读南唐二主词，应作如是观，惜中主传作过少耳。

詹安泰《李璟李煜词·前言》 （李璟词）四首都具有很充实的生活内容，《浣溪沙》两首更渗透悲愤的情调，应该是他后期的作品。这两首小词已明显地标志着作者特有的艺术风格：第一，词句间很少修饰，已摆脱了“镂玉雕琼”的习气；第二，层次转折多，又能灵活跳荡，没有晦涩或呆滞的毛病；第三，意境阔大，概括力强，拆开来看，各个句子都有独立的意境；合起来看，却从各种各样的意境中来表现同一的主题；第四，感慨很深，接触到自己的感受时，都倾泻出无可抑遏的热情。这一切，在和他同时的词的结集——《花间集》里是找不到的。《花间集》里，像韦庄的作品，也少修饰，但意境不很阔大；像温庭筠的作品，也有层次转折较多的，但词句雕炼修饰，陷于晦涩呆滞，很不好懂；像鹿虔扆的《临江仙》，感慨也深，但色彩很浓，也多修饰，而且他的四首作品中只有这一首有较深的感慨，此外都是旖旎风流之作。李璟词这种特有的风格，可以说是他的艺术的独创性的表现。因此他流传的词虽很少，而历来对它的评价却相当高。例如王安石对“细雨梦回鸡塞远，小楼吹彻玉笙寒”的评价，甚至认为高于李煜的“恰似一江春水向东流”（《雪浪斋日记》）。这当然是王安石个人主观的看法，但总可以看出后人对李璟词抬到怎样高的地位。王国维在《人间词话》里说：“词至李后主而眼界始大，感慨遂深，遂变伶工之词而为士大夫之词。”我认为李煜词这种特征，有部分是受他父亲的影响，继承他父亲的传统而加以发扬光大的。

冯延巳词集

鹊踏枝

梅落繁枝千万片。
犹自多情，
学雪随风转。
昨夜笙歌容易散，
酒醒添得愁无限。

楼上春寒山四面。
过尽征鸿，
暮景烟深浅。
一晌凭阑人不见，
红绡掩泪思量遍。

◆词有貌不深而意深者，韦端己《菩萨蛮》，冯正中《蝶恋花》（即《鹊踏枝》）是也。若厉樊榭诸词，造语虽极幽深，而命意未厚，不耐久讽，所以去古人终远。（清陈廷焯《白雨斋词话》）

◆冯正中《鹊踏枝》十四阕，郁伊惝恍，义兼比兴。（清王鹏运《半塘丁稿·鹜翁集》）

◆正中身仕偏朝，知时不可为，所为《蝶恋花》诸阕，幽咽惝恍，如醉如迷，此皆贤人君子不得志发愤之所作也。（张尔田《曼陀罗寱词序》）

◆愁苦哀伤之致动于中。蒿庵所谓“危苦烦乱，郁不自达，发于诗馀”者。（陈秋帆《阳春集笺》）

鹊踏枝

谁道闲情抛掷久？

每到春来，
惆怅还依旧。
日日花前常病酒，
敢辞镜里朱颜瘦。

河畔青芜堤上柳。
为问新愁，
何事年年有？
独立小桥风满袖，
平林新月人归后。

◆（正中《蝶恋花》）此章云：“谁道闲情抛弃久？每到春来，惆怅还依旧。日日花前常病酒。不辞镜里朱颜瘦。”始终不渝其志，亦可谓自信而不疑，果毅而有守矣。（清陈廷焯《白雨斋词话》）

◆冯正中《蝶恋花》云：“谁道闲情抛弃久？每到春来，惆怅还依旧。日日花前常病酒。不辞镜里朱颜瘦。”可谓沉着痛快之极，然却是从沉郁顿挫来，浅人何足知之。（同上）

◆起得风流跌宕。“为问”二句映起笔。“独立”二语，仙境、凡境？断非凡笔。（清陈廷焯《云韶集》）

◆词家每先言景，后言情，此词先情后景。结末二句寓情于景，弥觉风致夷犹。（俞陛云《唐五代两宋词选释》）

◆“为问新愁”，对前文“惆怅还依旧”说，以见新绿而触起新愁，与白居易《赋得古原草送别》所谓“春风吹又生”略同。（俞平伯《唐宋词选释》）

◆此首写闺情，如行云流水，不染纤尘。起两句，自设问答，已见凄惋。“日日”两句，从“惆怅”来，日日病酒，不辞消瘦，意更深厚。换头，因见芳草、杨柳，又起新愁。问何以年年有愁，亦是恨极之语。末两句，只写一美境，而愁自寓焉。（唐圭璋《唐宋词简释》）

◆惟以问语起，更表出内心之沉痛，如云："春花秋月何时了，往事知多少。"（李后主《虞美人》）"谁道闲情抛掷久，每到春来，惆怅还依旧。"（冯延巳《蝶恋花》）……此种起法，是从千回百折之中，喷薄而出，故包含悔恨、愤激、哀伤种种情感，读之倍觉警动。（唐圭璋《词学论丛·论词之作法》）

鹊踏枝

秋入蛮蕉风半裂。
狼藉池塘，
雨打疏荷折。
绕砌蛩声芳草歇，
愁肠学尽丁香结。

回首西南看晚月。
孤雁来时，
塞管声呜咽。
历历前欢无处说，
关山何日休离别。

◆玩味其意，多凭吊凄怆之慨。（陈秋帆《阳春集笺》）

鹊踏枝

花外寒鸡天欲曙。
香印成灰，
起坐浑无绪。
檐际高桐凝宿雾，

卷帘双鹊惊飞去。

屏上罗衣闲绣缕。
一晌关情，
忆遍江南路。
夜夜梦魂休谩语，
已知前事无寻处。

◆芬芳悱恻之音。（俞陛云《唐五代两宋词选释》）

◆（“卷帘”句）写天明光景，笔意跳脱。鹊本歇在梧桐树上，因帘卷而惊飞。（“忆遍”句）或从画屏风景联想，如后来晏幾道《蝶恋花》“小屏风上西江路”。（俞平伯《唐宋词选释》）

鹊踏枝

叵耐为人情太薄。
几度思量，
真拟浑抛却。
新结同心香未落，
怎生负得当初约。

休向尊前情索寞。
手举金罍，
凭仗深深酌。
莫作等闲相斗作，
与君保取长欢乐。

◆词前半首责人薄情，后半首乃转作强颜欢笑。“手举金罍，凭仗深深酌。”一种沉郁潦倒之神态可想见也。韦庄《菩萨蛮》“尊重主人心，酒深情亦深”情绪与此相似。最后“与君保取长安乐”一语，悲在言外，尤为沉着。（丁寿田、丁亦飞《唐五代四大名家词》）

鹊踏枝

萧索清秋珠泪坠。
枕簟微凉，
展转浑无寐。
残酒欲醒中夜起，
月明如练天如水。

阶下寒声啼络纬。
庭树金风，
悄悄重门闭。
可惜旧欢携手地，
思量一夕成憔悴。

◆写景句含宛转之情，言情句带凄清之景，可谓情景两得。（俞陛云《唐五代两宋词选释》）

鹊踏枝

烦恼韶光能几许？
肠断魂销，
看却春还去。
只喜墙头灵鹊语，
不知青鸟全相误。

心若垂杨千万缕。
水阔花飞，
梦断巫山路。
开眼新愁无问处，
珠帘锦帐相思否？

鹊踏枝

霜落小园瑶草短。
瘦叶和风，
惆怅芳时换。
旧恨年年秋不管，
朦胧如梦空肠断。

独立荒池斜日岸。
墙外遥山，
隐隐连天汉。
忽忆当年歌舞伴，
晚来双脸啼痕满。

◆诸阕含思凄婉，似别有怀抱者。（陈秋帆《阳春集笺》）

鹊踏枝

芳草满园花满目。
帘外微微，
细雨笼庭竹。

杨柳千条珠罣䍙，
碧池波皱鸳鸯浴。

窈窕人家颜似玉。
弦管泠泠，
齐奏云和曲。
公子欢筵犹未足，
斜阳不用相催促。

◆天羽居士云：兴会才情凑洽。（《续草堂诗馀》）

◆“碧波池皱鸳鸯浴。”冯延巳《蝶恋花》语也。唐元宗极爱此一句，可当“细雨梦回”两句。（清沈雄《古今词话·词品》）

鹊踏枝

几度凤楼同饮宴。
此夕相逢，
却胜当时见。
低语前欢频转面，
双眉敛恨春山远。

蜡烛泪流羌笛怨。
偷整罗衣，
欲唱情犹懒。
醉里不辞金盏满，
《阳关》一曲肠千断。

◆宛转绸缪，与温庭筠《菩萨蛮》、《更漏子》同一情致。（陈秋帆

《阳春集笺》）

◆“醉里不辞金盏满”及其前“偷整”二句，试想象其神态如何，不可等闲读过也。（丁寿田、丁亦飞《唐五代四大名家词》）

◆此首所表之情，极其复杂。首句，念昔日之旧欢也。二、三句，则今日之新欢。四、五句，又由今日相会之欢追想昔日别离之苦。后半阕则专就今日临别言。“醉里”句，因不胜今别之苦，希图从“醉里”作别，或可减少苦情也。冯延巳曾两度作宰相，此词表面以欢会与惜别为言，其中实有得失之心，但一托之闺情，便觉缠绵宛转。故张惠言评此首与后“几日行云”一首曰：“忠爱缠绵，宛然《骚》、《辨》之义。延巳为人，专蔽嫉妒，又敢为大言。此词盖以排间异己者，其君之所以信而弗疑也。”此论甚是。（刘永济《唐五代两宋词简析》）

鹊踏枝

几日行云何处去。
忘却归来，
不道春将暮。
百草千花寒食路，
香车系在谁家树。

泪眼倚楼频独语。
双燕飞来，
陌上相逢否。
撩乱春愁如柳絮，
悠悠梦里无寻处。

◆忠爱缠绵，宛然《骚》、《辨》之义，延巳为人，专蔽嫉妒，又敢为大言，此词盖以排间异己者，其君之所以信而弗疑也。（清张惠言《词辨》）

◆行云、百草、千花、香车、双燕，必有所托。（清谭献《复堂词话》）

◆（评“悠悠”句）呼应。（清谭献《词辨》）

◆遣辞运笔如许松爽。情词并茂，我思其人。（清陈廷焯《云韶集》）

◆低回曲折，蔼乎其言，可以群，可以怨，情词悱恻。“双燕”二语，映首章。（清陈廷焯《词则·大雅集》）

◆元好问《清平乐》云：“飞去飞来双乳燕，消息知郎近远。”用冯延巳“双燕来时，陌上相逢否”句意。彼未定其逢否，此则直以为知，唯消息近远未定耳，妙在能变化。（况周颐《蕙风词话》引《织馀琐述》）

◆“终日驰车走，不见所问津”，诗人之忧世也。“百草千花寒食路，香车系在谁家树”似之。（王国维《人间词话》）

◆起笔托想空灵，欲问伊人踪迹，如行云之在天际。春光已暮，而留滞忘归，况当寒食佳辰，柳天花草，香车所驻，从何处追寻！前半首专写离人，后半首乃言己之情思，孤客凭阑，无由通讯，陌上归来燕子，或曾见芳踪。永叔《洛阳春》词“看花拭泪向归鸿，问来处逢郎否”，与此词皆无聊之托思。结句言羸得愁绪满怀，乱如柳絮，而入梦依依，茫无寻处，是絮是身，是愁是梦，一片迷离，词家妙境。（俞陛云《唐五代两宋词选释》）

◆此词牢愁郁抵之气，溢于言外，当作于周师南侵，江北失地，民怨丛生，避贤罢相之日。不然，何忧思之深也。后主之“一寸相思千万缕，人间没个安排处”与之同慨。身世之悲，先后一辙。永叔之“双燕归来细雨中”、“梦断知何处”、“江天雪意云撩乱”，元献之“凭阑总是销魂处”、“垂杨只解惹春风，何曾系得行人住”等句，均由此脱化。北宋词人得《阳春》神髓，如此之类，不胜觑举。（陈秋帆《阳春集笺》）

◆此词因心中所思之人久出不归，遂疑其别有所欢，故曰“香车系在谁家树”。后半阕前三句，言消息不知，后二句，言愁思甚苦也。其中既有猜忌，又有留恋与希冀之意。其情感极其曲折，此张惠言所谓“忠爱缠

绵”，能使其君信而弗疑也。（刘永济《唐五代两宋词简析》）

鹊踏枝

庭院深深深几许。
杨柳堆烟，
帘幕无重数。
玉勒雕鞍游冶处，
楼高不见章台路。

雨横风狂三月暮。
门掩黄昏，
无计留春住。
泪眼问花花不语，
乱红飞过秋千去。

◆朱彝尊云：“庭院深深”一阕，载冯延巳《阳春录》，刻作欧九，误也。（清徐釚《词苑丛谈》引。故以下评语中多联系欧阳修而言之。）

◆按此阕入《六一集》，诸选本遂俱指为欧词，张氏《词选》尤言之凿凿……余谓此误始于易安。盖易安仅见欧集，未见《阳春录》。不知欧公小词，多与《阳春》、《花间》混，鄙亵之语，仇人羼厕，昔人论之已详，集本殊不足据。且欧公平生浸馈冯词，或录杰作为研摩，后人遂误传欧作。朱竹垞曾辨正之，谓“见《阳春录》刻作欧九者误”。惠言殆未深考欤！（陈秋帆《阳春集笺》）

◆末句参之“点点飞红雨”句，一若关情，一若不关情，而情思俱荡漾无边。（明沈际飞《草堂诗馀正集》）

◆凄如送别。（明茅暎《词的》）

◆首句叠用三个“深”字最新奇，后段形容春暮光景殆尽。（明李廷

机《草堂诗馀评林》）

◆词家意欲层深，语欲浑成。作词者大抵意层深者，语便刻画；语浑成者，意便肤浅，两难兼也。或欲举其似，偶拈永叔词云：“泪眼问花花不语，乱红飞过秋千去。”此可谓层深而浑成。何也？因花而有泪，此一层意也；因泪而问花，此一层意也；花竟不语，此一层意也；不但不语，且又乱落，飞过秋千，此一层意也。人愈伤心，花愈恼人，语愈浅，而意愈入，又绝无刻画费力之迹，谓非层深而浑成耶！然作者初非措意，直如化工生物，笋未出而苞节已具，非寸寸为之也。若先措意便刻画，愈深愈堕恶境矣。此等一经拈出后，便当扫去。（清王又华《古今词论》）

◆“庭院深深”，闺中既以邃远也；“楼高不见”，哲王又不寤也；“章台”、“游冶”，小人之径；“雨横风狂”，政令暴急也；“乱红飞去”，斥逐者非一人而已，殆为韩、范作乎？此词亦见冯延巳集中。李易安《词序》云：“欧阳公作《蝶恋花》，有‘庭院深深深几许’之句，余酷爱之，用其语，作‘庭院深深’数阕，其声即旧《临江仙》也。”易安去欧公未远，其言必非无据。（清张惠言《词选》）

◆首阕因杨柳烟多，若帘幕之重重者，庭院之深以此，即下句章台不见，亦以此。总以见柳絮之迷人，加之雨横风狂，即拟闭门，而春已去矣。不见乱红之尽飞乎？语意如此，通首诋斥，看来必有所指。第词旨浓丽，即不明所指，自是一首好词。（清黄苏《蓼园词选》）

◆宋刻玉玩，双层浮起，笔墨至此，能事几尽。（清谭献《词辨》）

◆冯正中词，极沉郁之致，穷顿挫之妙，缠绵忠厚，与温、韦相伯仲也。《蝶恋花》四章，古今绝构。《词选》本李易安《词序》，指“庭院深深”一章为欧阳公作，他本亦多作永叔词，惟《词综》独云冯延巳作，竹垞博极群书，必有所据。且细味此阕，与上三章笔墨，的是一色，欧公无此手笔。（清陈廷焯《白雨斋词话》）

◆正中《蝶恋花》四阕，情词悱恻，可群可怨。《词选》云：“忠爱缠绵，宛然《骚》、《辩》之义。延巳为人，专蔽嫉妒，又敢为大言，此词盖以排间异己者，其君之所以信而不疑也。”数语确当。（同上）

◆“泪眼问花花不语，乱红飞过秋千去。”词意殊怨，然怨之深，亦厚之至。盖三章犹望其离而复合，四章则绝望矣。作词解如此用笔，一切叫嚣纤冶之失，自无从犯其笔端。（同上）

◆冯正中《蝶恋花》四章，忠爱缠绵，已臻绝顶，然其人亦殊无足取，尚何疑于史梅溪耶？诗词不尽能定人品，信矣。（清陈廷焯《白雨斋词话》）

◆连用三“深”字，妙甚。偏是楼高不见，试想千古有情人读至结处，无不泪下。绝世至文。（清陈廷焯《云韶集》）

◆词有与风诗意义相近者，自唐迄宋，前人巨制，多寓微旨。如李太白“汉家陵阙”，《兔爰》伤时也。张子同“西塞山前”，《考槃》乐志也。王仲初“昭阳路断”，《小星》安命也。温飞卿“小山重叠”，《柏舟》寄意也。李后主“花明月暗”，《行露》思也。韦端己“红楼别夜”，《匪风》怨也。张子澄“浣花溪上”，《绸缪》之缔好也。冯正中“庭院深深”，《苌楚》之悯乱也。（清张德瀛《词徵》）

◆此词帘深楼迥及“乱红飞过”等句，殆有寄托，不仅送春也。（俞陛云《唐五代两宋词选释》）

◆有有我之境，有无我之境。“泪眼问花花不语，乱红飞过秋千去。”“可堪孤馆闭春寒，杜鹃声里斜阳暮。”有我之境也。“采菊东篱下，悠然见南山。”“寒波澹澹起，白鸟悠悠下。”无我之境也。有我之境，以我观物。故物皆着我之色彩。无我之境，以物观物，故不知何者为我，何者为物。古人为词，写有我之境者为多，然未始不能写无我之境，此在豪杰之士能自树立耳。（王国维《人间词话》）

◆此首写闺情，层深而浑成。首三句，但写一华丽之深院，而人之矜贵可知。“玉勒”两句，写行人游冶不归，一则深院凝愁，一则章台驰骋，两句射照，哀乐毕见。换头，因风雨交加，更起伤春怀人之情。“泪眼”两句，毛稚黄释之曰：“因‘花’而有‘泪’，此一层意也。因‘泪’而‘问花’，此一层意也。‘花’竟‘不语’，此一层意也。不但‘不语’且又‘乱’落‘飞过秋千’，此一层意也。人愈伤心，‘花’愈恼人，语愈浅而意愈

入，又绝无刻画费力之迹，谓非层深而浑成耶。”观毛氏此言，可悟其妙。（唐圭璋《唐宋词简释》）

鹊踏枝

粉映墙头寒欲尽。
宫漏长时，
酒醒人犹困。
一点春心无限恨，
罗衣印满啼妆粉。

柳岸花飞寒食近。
陌上行人，
杳不传芳信。
楼上重檐山隐隐，
东风尽日吹蝉鬓。

◆结句“风吹蝉鬓”，含蕴不尽，词家妙诀也。（俞陛云《唐五代两宋词选释》）

◆此阕多从温词中“青琐对芳菲，玉关音信稀”、“金雁一双飞，泪痕沾绣衣”、“音信不归来，社前双燕回”等句夺胎。（陈秋帆《阳春集笺》）

鹊踏枝

六曲阑干偎碧树。
杨柳风轻，
展尽黄金缕。
谁把钿筝移玉柱，

穿帘海燕惊飞去。

满眼游丝兼落絮。
红杏开时，
一霎清明雨。
浓睡觉来慵不语，
惊残好梦无寻处。

◆金碧山水，一片空濛。此正周氏所谓“有寄托入、无寄托出”也。（清谭献《复堂词话》）

◆《蝶恋花》一调，最为古雅，“六曲阑干”唱后，几成绝响。（清陈廷焯《白雨斋词话》）

◆雅秀工丽，是欧公之祖。字字和雅，字字秀丽，词中正格也。（清陈廷焯《云韶集》）

◆《蝶恋花》诸作，情词悱恻，可群可怨。张皋文云：“忠爱缠绵，宛然《骚》、《辨》之义。”余最爱诵之。如“日日花前常病酒，不辞镜里朱颜瘦”；“泪眼倚楼频独语，双燕来时，陌上相逢否”；“浓睡觉来莺乱语，惊残好梦无寻处”。思深意苦，又复忠厚恻怛，词到此则一切叫嚣纤冶之失，自无从犯其笔端矣。（吴梅《词学通论》）

◆正中《鹊踏枝》十四章，郁伊惝恍，究莫测其意旨。刘融斋谓其词流连光景，惆怅自怜。冯梦华则以为有家国之感寓乎其中，然欤，否欤？（蔡嵩云《柯亭词论》）

◆此首，情绪亦寓景中。“六曲”三句，阑外景；“谁把”两句，帘内景。阑外杨柳如丝，帘内海燕双栖，是一极富丽极幽静之金屋。而钿筝一声，骤惊双燕，又是静中极微妙之兴象。下片，“满眼”三句，因雨而引起惜花情绪，“浓睡”两句，因梦而引起恼莺情绪。镇日凄清，原无欢意，方期睡浓梦好，一晌贪欢，偏是莺语又惊残梦，其惆怅为何如耶。谭复堂评此词如“金碧山水，一片空濛”，可谓善会消息矣。（唐圭璋《唐

宋词简释》)

采桑子

中庭雨过春将尽，
片片花飞。
独折残枝，
无语凭阑只自知。

玉堂香暖珠帘卷，
双燕来归。
后约难期，
肯信韶华得几时。

◆上阕花枝已残而独折取，其云自知者，当别有思存；下阕知韶华之易逝，则君宜早归，警告之切，正相忆之深。（俞陛云《唐五代两宋词选释》）

采桑子

马嘶人语春风岸，
芳草绵绵。
杨柳桥边，
落日高楼酒旆悬。

旧愁新恨知多少，
目断遥天。
独立花前，

更听笙歌满画船。

◆“酒旆催日下城头”，人称佳句。此词“落日高楼”句尤为浑成，下阕“笙歌”句在新愁旧恨中闻之，只增忉怛耳。（俞陛云《唐五代两宋词选释》）

采桑子

西风半夜帘栊冷，
远梦初归。
梦过金扉，
花谢窗前夜合枝。

昭阳殿里新翻曲，
未有人知。
偷取笙吹，
惊觉寒蛩到晓啼。

采桑子

酒阑睡觉天香暖，
绣户慵开。
香印成灰，
独背寒屏理旧眉。

朦胧却向灯前卧，
窗月徘徊。
晓梦初回，

一夜东风绽早梅。

◆上阕“旧眉”句寒屏独掩，尚理残妆，与耆卿“衣带渐宽终不悔”皆蔼然忠厚之言。下阕在孤灯映月，低回不尽之时，而以东风梅绽，空灵之笔作结，非特含蓄，且风度嫣然，自是词手。（俞陛云《唐五代两宋词选释》）

采桑子

小堂深静无人到，
满院春风。
惆怅墙东，
一树樱桃带雨红。

愁心似醉兼如病，
欲语还慵。
日暮疏钟，
双燕归栖画阁中。

采桑子

画堂灯暖帘栊卷，
禁漏丁丁。
雨罢寒生，
一夜西窗梦不成。

玉娥重起添香印，
回倚孤屏。

不语含情，
《水调》何人吹笛声？

采桑子

笙歌放散人归去，
独宿江楼。
月上云收，
一半珠帘挂玉钩。

起来点检经游地，
处处新愁。
凭仗东流，
将取离心过橘洲。

◆正中《菩萨蛮》、《罗敷艳歌》诸篇，温厚不逮飞卿。然如“凭仗东流。将取离心过橘州”，又“残月尚弯环，玉筝和泪弹”，又“玉露不成圆，宝筝悲断弦”，又“红烛泪阑干，翠屏烟浪寒”，又“云雨已荒凉，江南春草长”，亦极凄婉之致。（清陈廷焯《白雨斋词话》）

◆字正音雅，情味不求深而自深。（清陈廷焯《云韶集》）

采桑子

昭阳记得神仙侣，
独自承恩。
水殿灯昏，
罗幕轻寒夜正春。

如今别馆添萧索，
满面啼痕。
旧约犹存，
忍把金环别与人。

◆此托宫怨之词也。前半阕言昔日之恩情，后半阕言今日幽怨，末句猜疑嫉妒之语也。（刘永济《唐五代两宋词简析》）

采桑子

微风帘幕清明近，
花落春残。
尊酒留欢，
添尽罗衣怯夜寒。

愁颜恰似烧残烛，
珠泪阑干。
也欲高拌，
争奈相逢情万般。

采桑子

画堂昨夜愁无睡，
风雨凄凄。
林鹊争栖，
落尽灯花鸡未啼。

年光往事如流水，

休说情迷。
玉箸双垂，
只是金笼鹦䳇知。

◆此殆《诗·郑风·风雨》之思乎？“愁无寐”者，忧思难眠也；“风雨凄凄”者，浊乱之世也；“林鹊争栖”者，小人当道也；“落尽灯花”者，国垂亡也；“鸡未啼”者，不见君子也；“年光往事如流水”者，前功尽弃也；“情迷”者，忠君之诚也；“玉箸双垂”者，志未遂而悲伤也；“只是金笼鹦䳇知”者，国人莫我知也。可谓自信而不疑也。（孙人和《阳春集校证》）

◆温庭筠喜用“金”、“玉”等字，如“手里金鹦䳇”、“双双金鹧鸪”、“画屏金鹧鸪”、“绿檀金凤凰”、“玉钗头上风”、“玉钩褰翠幕”、“玉炉香”、“玉连环”之类，西昆习尚。《阳春》亦善用之。此阕“玉箸双垂”、“金笼鹦䳇”，即金玉并用。此例集中见。（陈秋帆《阳春集笺》）

采桑子

寒蝉欲报三秋候，
寂静幽斋。
叶落闲阶，
月透帘栊远梦回。

昭阳旧恨依前在，
休说当时。
玉笛才吹，
满袖猩猩血又垂。

采桑子

洞房深夜笙歌散，
帘幕重重。
斜月朦胧，
雨过残花落地红。

昔年无限伤心事，
依旧东风。
独倚梧桐，
闲想闲思到晓钟。

◆人当暮年感旧，每独自低回。上首“金笼鹦鹉”句慨同调之凋残。次首“闲想闲思”句，明知相思无益，而到晓难忘，盖情有不能自已者也。（俞陛云《唐五代两宋词选释》）

采桑子

花前失却游春侣，
独自寻芳。
满目悲凉，
纵有笙歌亦断肠。

林间戏蝶帘间燕，
各自双双。
忍更思量，
绿树青苔半夕阳。

◆缠绵沉着。(清陈廷焯《词则·别调集》)

◆“小堂”一首,羡双燕之归来。“画堂”一首,怅谁家之吹笛,通首仅寓孤闷之怀,至末首乃见本意。江左自周师南侵,朝政日非,延巳匡救无从,怅疆宇之日蹙,第六首“夕阳”句寄慨良深,不得以绮语目之。(俞陛云《唐五代两宋词选释》)

◆按诸阕情采足媲《花间》,然玩其词旨,流丽中有沉着气象,实轶过之。王静安所谓“冯词虽不失五代风格,而堂庑特大,在《花间》范围外”,不其然与?又按所作,多得力于温,能随意隐括其意以入词。取“时节欲黄昏,无憀独倚门”句,演为“无语凭阑只自知”;取“停梭垂泪忆征人”句,演为“独背寒屏理旧眉”;取“翠钿金压脸。寂寞香闺掩”句,演为“回倚孤屏。不语含情”;取“泪流玉箸千条”句,演为“玉箸双垂”;取“离别橹声空萧索”句,演为“如今孤馆添萧索”,浑无痕迹,是善于模仿者。(陈秋帆《阳春集笺》)

◆此首触景感怀,文字疏隽。上片,径写独游之悲,笙歌原来可乐,但以无人偕游,反增凄凉。下片,因见双蝶、双燕,又兴起己之孤独。“绿树”句,以景结,正应“满目悲凉”句。(唐圭璋《唐宋词简释》)

酒泉子

庭下花飞。
月照妆楼春事晚,
珠帘风,兰烛烬,
怨空闺。

苕苕何处寄相思。
玉箸零零肠断,
屏帏深,更漏永,
梦魂迷。

酒泉子

云散更深。
堂上孤灯阶下月，
早梅香，残雪白，
夜沉沉。

阑边偷唱系瑶簪。
前事总堪惆怅，
寒风生，罗衣薄，
万般心。

酒泉子

庭树霜凋。
一夜愁人窗下睡，
绣帏风，兰烛焰，
梦遥遥。

金笼鹦鹉怨长宵。
笼畔玉筝弦断，
陇头云，桃源路，
两魂销。

◆“玉筝弦断”，本温诗“钿筝弦断雁行稀”句。（陈秋帆《阳春集笺》）

酒泉子

芳草长川。
柳映危桥桥下路，
归鸿飞，行人去，
碧山边。

风微烟澹雨萧然。
隔岸马嘶何处，
九回肠，双脸泪，
夕阳天。

酒泉子

春色融融。
飞燕乍来莺未语，
小桃寒，垂杨晚，
玉楼空。

天长烟远恨重重。
消息燕鸿归去，
枕前灯，窗外月，
闭朱栊。

酒泉子

深院空帏。
廊下风帘惊宿燕，

香印灰，兰烛小，
觉来时。

月明人自捣寒衣。
刚爱无端惆怅，
阶前行，阑畔立，
欲鸡啼。

临江仙

秣陵江上多离别，
雨晴芳草烟深。
路遥人去马嘶沉。
青帘斜挂，
新柳万枝金。

隔江何处吹横笛，
沙头惊起双禽。
徘徊一晌几般心。
天长烟远，
凝恨独沾襟。

◆寻常离索之思，而能手作之，自有高浑之度。（俞陛云《唐五代两宋词选释》）

临江仙

冷红飘起桃花片，

青春意绪阑珊。
画楼帘幕卷轻寒。
酒馀人散后，
独自凭阑干。

夕阳千里连芳草，
萋萋愁煞王孙。
徘徊飞尽碧天云。
凤笙何处，
明月照黄昏。

临江仙

南园池馆花如雪，
小塘春水涟漪。
夕阳楼上绣帘垂。
酒醒无寐，
独自倚阑时。

绿杨风静凝闲恨，
千言万语黄鹂。
旧欢前事杳难追。
高唐暮雨，
空只觉相思。

清平乐

深冬寒月，

庭户凝霜雪。
风雁过时魂断绝，
塞管数声呜咽。

披衣独立披香，
流苏乱结愁肠。
往事总堪惆怅，
前欢休更思量。

清平乐

雨晴烟晚，
绿水新池满。
双燕飞来垂柳院，
小阁画帘高卷。

黄昏独倚朱阑，
西南新月眉弯。
砌下落花风起，
罗衣特地春寒。

◆纯写春晚之景。“花落春寒”句，论词则秀韵珊珊，窥词意或有忧谗自警之思乎？（俞陛云《唐五代两宋词选释》）

◆此首纯写景物，然景中见人，娇贵可思。初写雨后池满，是阁外远景；次写柳院燕归，是阁前近景。人在阁中闲眺，颇具萧散自在之致。下片写倚阑看月，微露怅意。着末，写风振罗衣，芳心自警。通篇俱以景物烘托人情，写法极高妙。（唐圭璋《唐宋词简释》）

清平乐

西园春早，
夹径抽新草。
冰散漪澜生碧沼，
寒在梅花先老。

与君同饮金杯，
饮馀相取徘徊。
次第小桃将发，
轩车莫厌频来。

◆此词语澹而情意恳切，大有古诗风味。（丁寿田、丁亦飞《唐五代四大名家词》）

醉花间

独立阶前星又月，
帘栊偏皎洁。
霜树尽空枝，
肠断丁香结。

夜深寒不彻，
凝恨何曾歇。
凭阑干欲折。
两条玉箸为君垂，
此宵情，谁共说。

◆《阳春集》与《浣花词》合者多，此阕结句“此宵情，谁共说”，即与《浣花集》《应天长》“暗相思，无处说”同意。而与牛给事词亦有暗合者。如“肠断丁香结”，“两条玉箸为君垂”，与牛词《感恩多》“自从南浦别，愁见丁香结”，“两条红粉泪，多少香闺意”情致绝相似。万红友云：“冯此词与他作起结俱异。”（陈秋帆《阳春集笺》）

醉花间

月落霜繁深院闭，
洞房人正睡。
桐树倚雕檐，
金井临瑶砌。

晓风寒不啻，
独立成憔悴。
闲愁浑未已。
人心情绪自无端，
莫思量，休退悔。

醉花间

晴雪小园春未到，
池边梅自早。
高树鹊衔巢，
斜月明寒草。

山川风景好，
自古金陵道。

少年看却老。
相逢莫厌醉金杯，
别离多，欢会少。

◆正中词除《鹊踏枝》、《菩萨蛮》十数阕最煊赫外，如《醉花间》之“高树鹊衔巢，斜月明寒草”，余谓韦苏州之“流萤渡高阁”，孟襄阳之“疏雨滴梧桐”，不能过也。（王国维《人间词话》）

醉花间

林雀归栖撩乱语，
阶前还日暮。
屏掩画堂深，
帘卷萧萧雨。

玉人何处去，
鹊喜浑无据。
双眉愁几许。
漏声看却夜将阑，
点寒灯，扃绣户。

应天长

石城山下桃花绽，
宿雨初收云未散。
南去棹，北归雁，
水阔天遥肠欲断。

倚楼情绪懒，
惆怅春心无限。
忍泪蒹葭风晚，
欲归愁满面。

应天长

朱颜日日惊憔悴，
多少离愁谁得会？
人事改，空追悔，
枕上夜长只如岁。

红绡三尺泪，
双结解时心醉。
魂梦万重云水，
觉来还不睡。

应天长

石城花落江楼雨，
云隔长洲兰芷暮。
花草岸，和烟雾，
谁在绿杨深处住？

旧游时事故，
岁晚离人何处？
杳杳兰舟西去，
魂归巫峡路。

应天长

当时心事偷相许，
宴罢兰堂肠断处。
挑银灯，扃珠户，
绣被微寒值秋雨。

枕前和泪语，
惊觉玉笼鹦鹉。
一夜万般情绪，
朦胧天欲曙。

应天长

兰房一宿还归去，
底死谩生留不住。
枕前语，记得否？
说尽从来两心素。

同心牢结取，
切莫等闲相许。
后会不知何处，
双栖人莫妒。

谒金门

圣明世，
独折一枝丹桂。

学着荷衣还可喜，
春狂不啻□。

年少都来有几？
自古闲愁无际。
满盏劝君休惜醉，
愿君千万岁。

谒金门

杨柳陌，
宝马嘶空无迹。
新着荷衣人未识，
年年江海客。

梦觉巫山春色，
醉眼花飞狼藉。
起舞不辞无气力，
爱君吹玉笛。

◆“起舞不辞无气力”两句，极写她对他的爱慕，造句十分雅健。这两句可能是寄托“士为知己者死”的意思，是士大夫阶层的思想感情。词到南唐一班文人手中，就多多少少表现一些士大夫的思想感情，这就超出于花间词的艳科绮语。冯延巳这首词正是一个例子。他的《阳春集》里，这类句子还不少，如《鹊踏枝》“公子欢筵犹未足，斜阳不用相催促”，《菩萨蛮》“和泪试严妆，落梅飞晓霜”等等。这些词外表虽然都还是写男女情爱，却另有寓意。冯煦谓冯延巳“俯仰身世，所怀万端，缪悠其辞，若显若晦”（《阳春集序》），就是说延巳词颇多“旨隐词微”之作。

（夏承焘《唐宋词欣赏·冯延巳和欧阳修》）

谒金门

风乍起，
吹皱一池春水。
闲引鸳鸯香径里，
手挼红杏蕊。

斗鸭阑干独倚，
碧玉搔头斜坠。
终日望君君不至，
举头闻鹊喜。

◆李后主于清微歌“楼上春寒水四面”，学士刁衎起奏：“陛下未睹其大者远者尔！”人疑其有规讽，讯之，云：“风乍起，吹皱一池春水。”又作红罗亭子，四面栽梅花，作艳曲歌之。韩熙载和云：“不须夸烂熳，已输了春风一半！”时已割淮南与周矣。（宋江休复《江邻几杂志》）

◆五代干戈，四海瓜分豆剖，斯文道熄。独江南李氏君臣尚文雅，故有“小楼吹彻玉笙寒”，“吹皱一池春水”之词，语虽奇甚，所谓“亡国之音哀以思”也。（宋胡仔《苕溪渔隐丛话》后集引李清照《词论》）

◆元宗乐府词云：“小楼吹彻玉笙寒”，延巳有“风乍起，吹皱一池春水”之句，皆为警策。元宗尝戏延巳曰：“‘吹皱一池春水’，干卿何事？”延巳曰：“未若陛下‘小楼吹彻玉笙寒’。”元宗悦。（宋马令《南唐书》）

◆冯延巳《谒金门》长短句，脍炙人口。其曰“斗鸭阑干独倚”，人多疑鸭不能斗。余按《三国志·孙权传》注引《江表传》曰：“魏文帝遣使求斗鸭，群臣奏宜勿与。权曰：‘彼在谅暗之中，所求若此，岂可与言礼哉!’具以与之。”《陆逊传》：“建昌侯虑作斗鸭栏。逊曰：‘君侯宜勤览经典，用此何为？’”《南史·王僧达传》：“僧达为太子舍人，坐属疾，而往杨列桥观斗鸭，为有司所劾。”《新唐书·齐王祐传》：“祐喜养斗鸭。方未反，狸齚鸭四十馀，绝其头去。及败，牵连诛死者凡四十馀人。”则古盖有之。（宋赵与时《宾退录》）

◆冯延巳《谒金门》长短句：“斗鸭阑干独倚，碧玉搔头斜坠。”人多疑鸭不能斗，考《西京杂记》，鲁恭王好斗鸡鸭及鹅雁。《赵飞燕外传》：阳华李姑蓄斗鸭水池上。《江表传》：魏文帝遣使求斗鸭。《陆逊传》：建昌侯作斗鸭阑，颇施小巧。今临湘县有斗鸭矶。《王僧达传》：僧达往阳列桥观斗鸭，为有司所劾。陆龟蒙居震泽，养斗鸭一阑。《旧唐书》：齐王祐好养斗鸭，未反前忽有野狸入笼，咬四十馀鸭。及败，同恶而诛者四十四人。隋朝官本陆探微有《斗鸭圈》，顾宝光有高丽《斗鸭图》。张说《巴陵早春》诗：“江上春光早可观，巧将春物妒馀寒。水苔共绕留莺石，花鸟争开斗鸭阑。”则鸭固能斗矣。近时许石城有“买得曲池堪斗鸭，种成芳树好藏莺”之句，为时所脍炙。（明徐应秋《玉芝堂谈荟·斗鸭栏》）

◆秋晚曲寄《谒金门》，刘伯温作也。首云：“风袅袅，吹绿一庭秋草。”为语亦佳。然即“风乍起，吹皱一池春水”格耳。以二言细较，刘公当退避一舍。（明陈霆《渚山堂词话》）

◆《花间》犹伤促碎，至南唐李王父子而妙矣。“‘风乍起，吹皱一池萍水’。关卿何事？”与“未若陛下‘小楼吹彻玉笙寒’”，此语不可闻邻国，然是词林本色佳话。“云破月来花弄影”郎中，“红杏枝头春意闹”尚书，意似祖述之，而句小不逮，然亦佳。（明王世贞《艺苑卮言》）

◆起语与前词同一况味。闻鹊报喜，须知喜中还有疑在。无非望泽希宠之心。而语自清隽。（明沈际飞《草堂诗馀正集》）

◆此词亦平耳，不知何以得名。（明茅暎《词的》）

◆“无凭谙鹊语，犹觉暂心宽。”韩偓语也。冯延巳去偓不多时，用其语曰：“终日望君君不至。举头闻鹊喜。”虽窃其意，而语加蕴藉。（清贺裳《皱水轩词筌》）

◆南唐主语冯延巳曰："'风乍起，吹皱一池春水'，何与卿事？"冯曰："未若'细雨梦回鸡塞远，小楼吹彻玉笙寒'，不可使闻于邻国。"然细看词意，含蓄尚多。至少游"无端银烛殒秋风，灵犀得暗通。相看有似梦初回，只恐又抛人去，几时来"，则竟为蔓草之偕臧，顿丘之执别，一一自供矣。词虽小技，亦见世风之升降，沿流则易，溯洄实难，一入其中，势不自禁。即余生平，亦悔习此技。（同上）

◆结二语若离若合，密意痴情，宛转如见。（清陈廷焯《词则·闲情集》）

◆"风乍起"二句破空而来，在有意无意间，如絮浮水，似沾非着，宜后主盛加称赏。此在南唐全盛时作。"喜闻鹊报"及"为君起舞"句，殆有束带弹冠之庆及效忠尽瘁之思也。（俞陛云《唐五代两宋词选释》）

◆言情之始，故其来无端。（王闿运《湘绮楼词选》）

◆此闺情词也。上半阕写一闺人行于池旁芳径中，且行且以红杏花蕊抛入水中，引鸳鸯为戏。下半阕写其行至斗鸭栏边，忽闻鹊噪，举头而听，不觉搔头坠地。盖鹊能报喜，因思行人或将归来也。全首如观电影之活动镜头，闺中少妇之行动、情思、态度，历历呈现，极其生动。相传中主李璟见冯此词问曰："'吹皱一池春水'，干卿甚事？"冯对曰："未如陛下'小楼吹彻玉笙寒'。"中主乃悦。此事昔人以为南唐君臣以词相戏，不知实乃中主疑冯词首句讥讽其政务措施，纷纭不安，故责问与之何干。冯词首句，无端以风吹池皱引起，本有讽意，因中主已觉，故引中主所作闺情词中佳句，而自称不如，以为掩饰。意谓我亦作闺情词，但不及陛下所作之佳耳。二人之言，针锋相对，非戏谑也。试以史称冯作相时，不满于"人主躬亲庶务，宰相备位"之语证之，二人言外所指之意，自然分明。此虽词家故事，而吾人读词之法亦可于此得之。盖讽刺之作，往往意在言外，所谓"言在此而意在彼也"。但必须先明了作者之地位、行为与其时代背景之后，方能证明其言外之意，否则必同于猜谜矣。此其一。又词中言外之意，止于一二句，不可以全首句句比附来说，否则必然牵强附会失作者原意，此其二。（刘永济《唐五代两宋词简析》）

虞美人

画堂新霁情萧索，
深夜垂珠箔。
洞房人睡月婵娟，
梧桐双影上朱轩，
立阶前。

高楼何处连宵宴，
塞管吹幽怨。
一声已断别离心，
旧欢抛弃杳难寻，
恨沉沉。

◆“旧欢抛弃杳难寻”，与《临江仙》“前事杳难追”同一感喟。（陈秋帆《阳春集笺》）

虞美人

碧波帘幕垂朱户，
帘下莺莺语。
薄罗衣旧泣青春，
野花芳草逐年新，
事难论。

凤笙何处高楼月，
幽怨凭谁说。
须臾残照上梧桐，

一时弹泪与东风，
恨重重。

◆此阕似别有悲凉滋味，《阳春》类此者多。蒿庵所谓“《黍离》、《麦秀》，周遗所伤。美人香草，楚累所托”者，非与？（陈秋帆《阳春集笺》）

虞美人

玉钩弯柱调鹦鹉，
宛转留春语。
云屏冷落画堂空，
薄晚春寒无奈落花风。

搴帘燕子低飞去，
拂镜尘鸾舞。
不知今夜月眉弯，
谁佩同心双结倚阑干。

◆风神蕴藉，自是正中本色。（清陈廷焯《词则·闲情集》）

◆此亦妒词也，而托之闺情。上半阕言所居之凄寂，下半阕以帘燕、镜鸾，形其孤单。末二句则猜疑之词也。（刘永济《唐五代两宋词简析》）

虞美人

春山澹澹横秋水，
掩映遥相对，

只知长坐碧窗期，
谁信东风吹散彩云飞。

银屏梦与飞鸾远，
只有珠帘卷。
杨花零落月溶溶，
尘掩玉筝弦柱画堂空。

◆二词皆掩抑之音，次章尤胜。方长坐相期，而彩云已散，明知梦远银屏，而尚卷帘凝望，何以自堪，结句凄韵欲绝。（俞陛云《唐五代两宋词选释》）

春光好

雾濛濛，风淅淅，
杨柳带疏烟。
飘飘轻絮满南园，
墙下草芊绵。

燕初飞，莺已老，
拂面春风长好。
相逢携酒且高歌，
人生得几何？

舞春风

严妆才罢怨春风，
粉墙画壁宋家东。

蕙兰有恨枝犹绿，
桃李无言花自红。

燕燕巢时帘幕卷，
莺莺啼处凤楼空。
少年薄幸知何处？
每夜归来春梦中。

归国遥

何处笛？
终夜梦魂情脉脉，
竹风檐雨寒窗隔。

离人数岁无消息。
今头白，
不眠特地重相忆。

归国遥

春艳艳，
江上晚山三四点，
柳丝如剪花如染。

香闺寂寂门半掩。
愁眉敛，
泪珠滴破胭脂脸。

◆“愁眉敛，泪珠滴破胭脂脸”，与韦庄“恨重重，泪界莲腮两线红”同一风韵。较后主“多少泪，断脸复横颐”为隽。（陈秋帆《阳春集笺》）

归国遥

江水碧，
江上何人吹玉笛。
扁舟远送潇湘客。

芦花千里霜月白。
伤行色，
来朝便是关山隔。

◆结得苍凉。（清陈廷焯《词则·别调集》）

◆挥毫直书，不用回折之笔，而情意自见。格高气盛，嗣响唐贤。（俞陛云《唐五代两宋词选释》）

南乡子

细雨湿流光，
芳草年年与恨长。
烟锁凤楼无限事，
茫茫，
鸾镜鸳衾两断肠。

魂梦任悠扬，
睡起杨花满绣床。
薄幸不来门半掩，

斜阳，
负你残春泪几行。

◆荆公问山谷云："作小词曾看李后主词否？"云："曾看。"荆公云："何处最好？"山谷以"一江春水向东流"为对。荆公云："未若'细雨梦回鸡塞远，小楼吹彻玉笙寒'，又'细雨湿流光'最好。"（宋胡仔《苕溪渔隐丛话》前集引《雪浪斋日记》云）

◆余谓后辈作词，无非前人已道底句，特善能转换耳。……赵德庄词云："波底夕阳红湿。""红湿"二字以为新奇，不知盖用李后主"细雨湿流光"与《花间集》"一帘疏雨湿春愁"之"湿"。（宋陈鹄《耆旧续闻》）

◆埜斋周晋仙文璞曾语余曰："《花间集》只有五字绝佳，'细雨湿流光'，景意俱微妙。"（宋张端义《贵耳集》）

◆起二句情景并美。下阕梦与杨花迷离一片，结句何幽怨乃尔！（俞陛云《唐五代两宋词选释》）

◆人知和靖《点绛唇》、圣俞《苏幕遮》、永叔《少年游》三阕，为咏春草绝调，不知先有正中"细雨湿流光"五字，皆能摄春草之魂者。（王国维《人间词话》）

◆按"细雨湿流光"昔人多激赏之。周方泉、王荆公均极赞其妙。余谓冯此语，实本温庭筠《荷叶杯》"细雨湿愁红"、皇甫松《怨回纥》"江路湿红蕉"而来。又陈鹄《耆旧续闻》称赵彦端《谒金门》"波底夕阳红湿"盖用"细雨湿流光"与"一帘疏雨温春愁"之"湿"云云。"一帘疏雨"，孙光宪《浣溪沙》词。词人善用"湿"字，《阳春》则承先启后耳。周、陈引冯词一误为《花间》，一误为后主。张宗橚《词林纪事》均驳正之。（陈秋帆《阳春集笺》）

◆此亦托为闺情以自抒己怨望之情。观"烟锁"句，所谓"无限事"，所谓"茫茫"，言外必有具体事在，特未明言耳。"鸾镜"指朝朝，"鸳衾"指夜夜，此言朝朝夜夜思之断肠也。后半阕即就闺思描写怨望之情事，"杨花满绣床"，是一片迷离景象，与"悠扬"之"魂梦"正相合，亦即前半“茫茫”二字之意，总之皆写心事之纷纭复杂也。末句则无可奈何之词，写得幽怨动人，与和凝、欧阳炯辈之纯作艳情词不同，不可并论。（刘永济《唐五代两宋词简析》）

◆词有句中韵，或名之曰短韵，在全句为不可分，而节拍实成一韵。例如温庭筠《荷叶杯》“波影满池塘”，“影”字与上句“冷”字叶。“肠断水风冷”，“断”字与上句“乱”字叶。冯延巳《南乡子》之“茫茫”、“斜阳”，与下句“肠”字、“行”字叶。《霜天晓角》换头第二字，《定风波》换侧后仄协之二字亦然。《花间集》中，其例多有。（陈匪石《声执》）

南乡子

细雨泣秋风，
金风花残满地红。
闲蹙黛眉慵不语，
情绪，
寂寞相思知几许。

南乡子

玉枕拥孤衾，
挹恨还同岁月深。
帘卷曲房谁共醉？
憔悴，
惆怅秦楼弹粉泪。

薄命女

春日宴，

绿酒一杯歌一遍。
再拜陈三愿。
一愿郎君千岁，
二愿妾身常健，
三愿如同梁上燕。
岁岁长相见。

◆南唐宰相冯延巳有乐府一章，名《长命缕》云（词略）。其后有以其词意改为《雨中花》云：“我有五重深深愿。第一愿且图久远，二愿恰如雕梁双燕，岁岁得长相见。三愿薄情相顾恋。第四愿永不分散，五愿奴哥收因结果，做个大宅院。”味冯公之词，典雅丰容，虽置古乐府，可以无愧。一遭俗子窜易，不惟句意重复，而鄙恶甚矣。（宋吴曾《能改斋漫录》）

◆留为章法，词则俚鄙。（清沈雄《古今词话·词辨》）

喜迁莺

宿莺啼，乡梦断，
春树晓朦胧。
残灯和烬闭朱栊，
人语隔屏风。

香已寒，灯已绝，
忽忆去年离别。
石城花雨倚江楼，
波上木兰舟。

◆此首写晓来梦觉之所思。上片点景。起三句，言啼莺惊梦，帘外树色朦胧未辨。“残灯”两句，写帘内之残灯、残香犹在，人语分明。下片，言灯绝香寒之际，忽忆去年故乡送别之情景，宛然在目，故不禁凄动于中。（唐圭璋《唐宋词简释》）

芳草渡

梧桐落，蓼花秋。
烟初冷，雨才收。
萧条风物正堪愁。
人去后，多少恨，
在心头。

燕鸿远，羌笛怨。
渺渺澄江一片。
山如黛，月如钩。
笙歌散，魂梦断，
倚高楼。

◆悲促之音像《花间》、《三字令》。（明沈际飞《草堂诗馀别集》）

◆语短韵长，音节绵邈。（清陈廷焯《词则·别调集》）

◆“多少恨，在心头”与李煜“别是一般滋味在心头”，同一凄惋。（陈秋帆《阳春集笺》）

更漏子

金剪刀，青丝发，
香墨蛮笺亲札。

和粉泪，一时封，
此情千万重。

垂蓬鬓，尘青镜，
已分今生薄命。
将远恨，上高楼，
寒江天外流。

更漏子

秋水平，黄叶晚，
落日渡头云散。
卷珠箔，挂金钩，
暮潮人倚楼。

欢娱地，思前事，
歌罢不胜沉醉。
消息远，梦魂狂，
酒醒空断肠。

更漏子

风带寒，秋正好，
兰蕙无端先老。
云杳杳，树依依，
离人殊未归。

搴罗幕，凭朱阁，

不独堪悲寥落。
月东出，雁南飞，
谁家夜捣衣。

更漏子

雁孤飞，人独坐，
看却一秋空过。
瑶草短，菊花残，
萧条渐向寒。

帘幕里，青苔地，
谁信闲愁如醉。
星移后，月圆时，
风摇夜合枝。

更漏子

夜初长，人近别，
梦断一窗残月。
鹦鹉睡，蟪蛄鸣，
西风寒未成。

红蜡烛，半棋局，
床上画屏山绿。
搴绣幌，倚瑶琴，
前欢泪满襟。

◆诸阕多凄楚之音，亦似别有寄托者。（陈秋帆《阳春集笺》）

抛球乐

酒罢歌馀兴未阑，
小桥秋水共盘桓。
波摇梅蕊当心白，
风入罗衣贴体寒。
且莫思归去，
须尽笙歌此夕欢。

◆《抛球乐》，唐教坊曲。《唐音癸签》云："《抛球乐》，酒筵中抛球为令所唱词。"《词谱》："刘禹锡《抛球乐》词三十字，皇甫松多一和声。其三十三字者，始冯延巳。因有'莫思归'句，或名《莫思归》，惟皆五七言小律诗体。宋柳永始有两段。"云云。按《阳春》此词，均六句，第五句五字，馀皆七字，与刘词五言六句者异。字均四十，无三十三字者如《词谱》所云。冯或别有此一体，未经载此集欤？（陈秋帆《阳春集笺》）

抛球乐

逐胜归来雨未晴，
楼前风重草烟轻。
谷莺语软花边过，
《水调》声长醉里听。
款举金觥劝，
谁是当年最有情？

抛球乐

梅落新春入后庭，
眼前风物可无情。
曲池波晚冰还合，
芳草迎船绿未成。
且上高楼望，
相共凭阑看月生。

◆“入”字妙。“芳草”七字，秀炼有馀味，对句稍逊。（清陈廷焯《词则·别调集》）

抛球乐

年少王孙有俊才，
登高欢醉夜忘回。
歌阑赏尽珊瑚树，
情厚重斟琥珀杯。
但愿千千岁，
金菊年年秋解开。

抛球乐

霜积秋山万树红，
倚岩楼上挂朱栊。
白云天远重重恨，
黄草烟深淅淅风。
仿佛《梁州曲》，

吹在谁家玉笛中?

◆起句恣肆。"白云"十四字颇近中唐名句。(清陈廷焯《词则·别调集》)

◆"吹在谁家玉笛中",似本皇甫松《杨柳枝》"如今柳向空城绿,玉笛何人更把吹"脱化而成。(陈秋帆《阳春集笺》)

抛球乐

莫厌登高白玉杯,
茱萸微绽菊花开。
池塘水冷鸳鸯起,
帘幕烟寒翡翠来。
重待烧红烛,
留取笙歌莫放回。

抛球乐

尽日登高兴未残,
红楼人散独盘桓。
一钩冷雾悬珠箔,
满面西风凭玉阑。
归去须沉醉,
小院新池月乍寒。

◆极凄婉之致。(清陈廷焯《白雨斋词话》)

抛球乐

坐对高楼千万山，
雁飞秋色满阑干。
烧残红烛暮云合，
飘尽碧梧金井寒。
咫尺人千里，
犹忆笙歌昨夜欢。

◆“烧残红烛暮云合，飘尽碧梧金井寒。”冯正中《抛球乐》词也。拗一字，更觉宫商一片。知音者原不拘于调。（清陈廷焯《白雨斋词话》）

◆（此调）前三首听歌对月，纪欢娱之情。后三首人散酒阑，写离索之感，能于劲气直达中含情寄慨，故不嫌其坦直。此五代气格之高也。（俞陛云《唐五代两宋词选释》）

鹤冲天

晓月坠，宿云披，
银烛锦屏帏。
建章钟动玉绳低，
宫漏出花迟。

春态浅，来双燕，
红日初长一线。
严妆欲罢啭黄鹂，
飞上万年枝。

◆韩子苍《题御画鹊扇》诗云："君王妙画出神机。弱羽争巢并语时。天上飞来两鵁鶄，一双飞上万年枝。"盖用冯延巳乐府也。"晓月坠（略）"乃《鹤冲天》也。（宋吴曾《能改斋漫录》）

◆句新。（明沈际飞《草堂诗馀正集》）

◆周介存以毛嫱、西施评温韦词，飞卿严妆，端己淡妆。余谓《阳春》淡妆也，然类此诸阕，又是严妆。延巳洵淡妆浓抹，无施不宜矣。（陈秋帆《阳春集笺》）

醉桃源

南园春半踏青时，
风和闻马嘶。
青梅如豆柳如眉，
日长蝴蝶飞。

花露重，草烟低，
人家帘幕垂。
秋千慵困解罗衣，
画梁双燕栖。

◆景物闲远。（明沈际飞《草堂诗馀正集》）

◆帘垂则燕栖，栖则在梁，妥甚。（同上）

◆是人是物，无非化日舒长之景，望而知治世之音，词家胜象。（清黄苏《蓼园词选》）

醉桃源

角声吹断陇梅枝，

孤窗月影低。
塞鸿无限欲惊飞，
城乌休夜啼。

寻断梦，掩香闺，
行人去路迷。
门前杨柳绿阴齐，
何时闻马嘶。

醉桃源

东风吹水日衔山，
春来长是闲。
林花狼藉酒阑珊，
笙歌醉梦间。

春睡觉，晚妆残，
凭谁整翠鬟？
留连光景惜朱颜，
黄昏独倚阑。

菩萨蛮

金波远逐行云去，
疏星时作银河渡。
花影卧秋千，
更长人不眠。

玉筝弹未彻，
凤髻鸾钗脱。
忆梦翠娥低，
微风凉绣衣。

◆上阕仅言清夜无眠，下阕仅言手倦妆慵，到结句始言回忆梦中情景，至风吹绣衣而不觉，可见低眉愁思之深且久也。（俞陛云《唐五代两宋词选释》）

菩萨蛮

画堂昨夜西风过，
绣帘时拂朱门锁。
惊梦不成云，
双蛾枕上颦。

金炉烟袅袅，
烛暗纱窗晓。
残月尚弯环，
玉筝和泪弹。

◆正中《菩萨蛮》、《罗敷艳歌》诸篇，温厚不逮飞卿。然如“凭仗东流。将取离心过橘洲”，又“残月尚弯环，玉筝和泪弹”，又“玉露不成圆，宝筝悲断弦”，又“红烛泪阑干，翠屏烟浪寒”，又“云雨已荒凉，江南春草长”，亦极凄婉之致。（清陈廷焯《白雨斋词话》）

◆梨云入梦，诗词恒用之。此词不言梦醒，而言“梦不成云”，造句颇新。词中言颦眉，类皆花前月下，镜里窗前，此言枕上颦眉者，因追想梦情，故愁生枕上也。（俞陛云《唐五代两宋词选释》）

菩萨蛮

《梅花》吹入谁家笛，
行云半夜凝空碧。
欹枕不成眠，
关山人未还。

声随幽怨绝，
云断澄霜月。
月影下重檐，
轻风花满帘。

◆通首言闻笛怀人，寻常蹊径也。末二句以轻笔写幽情，便觉情思悠然。（俞陛云《唐五代两宋词选释》）

菩萨蛮

回廊远砌生秋草，
梦魂千里青门道。
鹦鹉怨长更，
碧笼金锁横。

罗帏中夜起，
霜月清如水。
玉露不成圆，
宝筝悲断弦。

菩萨蛮

娇鬟堆枕钗横凤，
溶溶春水杨花梦。
红烛泪阑干，
翠屏烟浪寒。

锦壶催画箭，
玉佩天涯远。
和泪试严妆，
落梅飞晓霜。

◆正中词品，若欲于其词句中求之，则“和泪试严妆”，殆近之欤！（王国维《人间词话》）

菩萨蛮

西风袅袅凌歌扇，
秋期正与行人远。
花叶脱霜红，
流萤残月中。

兰闺人在否，
千里重楼暮。
翠被已消香，
梦随寒漏长。

◆上首“杨花梦”七字情韵特佳。“严妆”句悦己无人，而犹施膏沐，

有带宽不悔之心。次首“花叶”二句饶有韵致，用“夺”字颇新颖。（俞陛云《唐五代两宋词选释》）

菩萨蛮

沉沉朱户横金锁，
纱窗月影随花过。
烛泪欲阑干，
落梅生晚寒。

宝钗横翠凤，
千里香屏梦。
云雨已荒凉，
江南春草长。

◆以江南繁华之地，作者青紫登朝，而言云雨荒凉，江南草长，满纸萧索之音，殆近降旛去国时矣。（俞陛云《唐五代两宋词选释》）

菩萨蛮

欹鬟堕髻摇双桨，
采莲晚出清江上。
顾影约流萍，
楚歌娇未成。

相逢颦翠黛，
笑把珠珰解。
家住柳阴中，

画桥东复东。

◆《菩萨蛮》诸阕语长心重，温、韦之亚也。（清陈廷焯《词则·大雅集》）

◆似子夜一流人物，结二句若关合若不关合，妙甚。较“家住绿杨边，往来多少年”高出数倍。（清陈廷焯《词则·闲情集》）

◆正中词除《鹊踏枝》、《菩萨蛮》十数阕最煊赫外，如《醉花间》之“高树鹊衔巢，斜月明寒草”，余谓韦苏州之“流萤渡高阁”，孟襄阳之“疏雨滴梧桐”不能过也。（王国维《人间词话》）

◆他如《归国遥》、《抛球乐》、《采桑子》、《菩萨蛮》等，亦含思凄惋，蔼然动人，俨然温、韦之意也。（吴梅《词学通论》）

浣溪沙

春到青门柳色黄，
一梢红杏出低墙。
莺窗人起未梳妆。

绣帐已阑离别梦，
玉炉空袅寂寥香。
闺中红日奈何长。

浣溪沙

转烛飘蓬一梦归，
欲寻陈迹怅人非。
天教心愿与身违。

待月池台空逝水，
荫花楼阁谩斜晖。
登临不惜更沾衣。

相见欢

晓窗梦到昭华，
阿琼家。
欹枕残妆一朵，
卧枝花。

情极处，却无语，
玉钗斜。
翠阁银屏回首，
已天涯。

三台令

春色，春色，
依旧青门紫陌。
日斜柳暗花蔫，
醉卧谁家少年？
年少，年少，
行乐直须及早。

◆此词伤春迟暮之情，均在言外。“依旧”两字，含无限感慨。末句劝人及早行乐，正自伤迟暮也。（丁寿田、丁亦飞《唐五代四大名家词》）

三台令

明月，明月，
照得离人愁绝。
更深影入空床，
不道帏屏夜长。
长夜，长夜，
梦到庭花阴下。

◆“不道”一语，中含无限曲折。（清陈廷焯《词则·别调集》）

三台令

南浦，南浦，
翠鬓离人何处。
当时携手高楼，
依旧楼前水流。
流水，流水，
中有伤心双泪。

◆此有“当时”一语，则首章“依旧”二字，不过平衍耳。（清陈廷焯《词则·别调集》）

◆此调第五句倒用叠字，承上启下，如溪曲行舟，一折而景色顿异。结句见本意。乃此词主体也。（俞陛云《唐五代两宋词选释》）

◆情至文生，缠绵流露，延巳词实多类是。（陈秋帆《阳春集笺》）

◆此首怀人词。南浦别离之处，今空见其处，而人则不知何往矣。“当时”句逆入，回忆当年之乐。“依旧”句平出，慨叹今日之物是人非。末句，即流水而抒真情，语极沉着。其后小晏云：“楼下分流水声中，有当日、凭高泪。”李清照云：“惟有楼前流水，应念我终日凝眸。”稼轩云：“郁孤台下清江水，中间多少行人泪。”皆与此意相合。（唐圭璋《唐宋词简释》）

点绛唇

荫绿围红，
飞琼家在桃源住。
画桥当路，
临水双朱户。

柳径春深，
行到关情处。
颦不语，
意凭风絮，
吹向郎边去。

上行杯

落梅着雨消残粉，
云重烟轻寒食近。
罗幕遮香，
柳外秋千出画墙。

春山颠倒钗横凤，
飞絮入帘春睡重。
梦里佳期，
只许庭花与月知。

◆欧九《浣溪沙》词"绿杨楼外出秋千"，晁补之谓只一"出"字，便后人所不能道。余谓此本于正中《上行杯》词"柳外秋千出画墙"，但欧语尤工耳。（王国维《人间词话》）

贺圣朝

金丝帐暖牙床稳，
怀香方寸。
轻颦轻笑，汗珠微透，
柳沾花润。

云鬟斜坠，春应未已，
不胜娇困。
半欹犀枕，乱缠珠被，
转羞人问。

忆仙姿

尘拂玉台鸾镜，
凤髻不堪重整。
绡帐泣流苏，
愁掩玉屏人静。
多病，多病，
自是行云无定。

忆秦娥

风淅淅，

夜雨连云黑。
滴滴，
窗外芭蕉灯下客。

除非魂梦到乡国，
免被关山隔。
忆忆，
一句枕前争忘得。

◆此《忆秦娥》别调也。意极芊婉，语极沉至。（清陈廷焯《词则·别调集》）

◆毛泽民《忆秦娥》词，效五代冯延巳体也。冯词用入韵，故毛词可易为平，犹孙夫人之变李太白词为平韵也。孙词无换韵，毛词兼之。盖古词用入者，宋人多改为平，固不第此调然矣。（清张德瀛《词徵》）

忆江南

去岁迎春楼上月，
正是西窗，
夜凉时节。
玉人贪睡坠钗云，
粉消妆薄见天真。

人非风月长依旧，
破镜尘筝，
一梦经年瘦。
今宵帘幕飏花阴，
空馀枕泪独伤心。

忆江南

今日相逢花未发，
正是去年，
别离时节。
东风吹第有花开，
恁时须约却重来。

重来不怕花堪折，
只怕明年，
花发人离别。
别离若向百花时，
东风弹泪有谁知。

◆二词连缀相应，次首尤一气写出，在《阳春集》别具风调。（俞陛云《唐五代两宋词选释》）

思越人

酒醒情怀恶，
金缕褪、玉肌如削。
寒食过却，海棠零落。

乍倚遍、阑干烟澹薄，
翠幕帘栊笼画阁。
春睡着，
觉来失、秋千期约。

长相思

红满枝，绿满枝，
宿雨厌厌睡起迟。
闲庭花影移。

忆归期，数归期，
梦见虽多相见稀，
相逢知几时。

◆梦多见稀，正是闺中之语。“相逢知几时”，又发相思之意。（明李廷机《草堂诗馀评林》）

◆值此春光满目，而怀人会晤难期，不能不戚戚也。（同上）

◆哀而不伤。（明沈际飞《草堂诗馀正集》）

莫思归

花满名园酒满觞，
且开笑口对秾芳。
秋千风暖鸾钗亸，
绮陌春深翠袖香。
莫惜黄金贵，
日日须教贳酒尝。

金错刀

日融融，草芊芊，
黄莺求友啼林前。

柳条袅袅拖金线，
花蕊茸茸簇锦毡。

鸠逐妇，燕穿帘，
狂蜂浪蝶相翩翩。
春光堪赏还堪玩，
恼煞东风误少年。

金错刀

双玉斗，百琼壶，
佳人欢饮笑喧呼。
麒麟欲画时难偶，
鸥鹭何猜兴不孤。

歌宛转，醉模糊，
高烧银烛卧流苏。
只销几觉懵腾睡，
身外功名任有无。

◆正中本功名之上，而故为此放任旷荡之言。本多猜忌，而曰“鸥鹭何猜”；本于国政无所措施，而曰“麒麟欲画时难偶”；本贪禄位，而曰“身外功名任有无”。如只读其词，必为所欺。故孟子论诵诗读书者当知人论世也。知人，则考其人之生平行事；论世，则证以所处之时世背景。如此，则纵有诡诈巧言，而无从逃过读者之目矣。（刘永济《唐五代两宋词简析》）

玉楼春

雪云乍变春云簇，
渐觉年华堪纵目。
北枝梅蕊犯寒开，
南浦波纹如酒绿。

芳菲次第长相续，
自是情多无处足。
尊前百计得春归，
莫为伤春眉黛蹙。

◆梅用南枝事共知，青琐《红梅》诗云：“南枝向暖北枝寒。”李峤云：“大庾天寒少，南枝独早芳。”张方注云：“大庾岭上梅南枝落，北枝开。”南唐冯延巳词云：“北枝梅蕊犯霜开。”则南北枝事，其来远矣。（宋朱翌《猗觉寮杂记》）

◆词借春光以托讽，“足”字韵戒贪求之无厌。“尊前”二句既盼春来，又伤春去，患得患失之心，宁有尽时耶。（俞陛云《唐五代两宋词选释》）

◆梅圣俞《苏幕遮》词：“落尽梨花春事了，满地斜阳，翠色和烟老。”刘融斋谓“少游一生，似专学此种”。余谓冯正中《玉楼春》词“芳菲次第长相续，自是情多无处足。尊前百计得春归，莫为伤春眉黛蹙”，永叔一生似专学此种。（王国维《人间词话》）

◆此词初读似觉平淡，但愈吟诵愈觉其意味隽永。（丁寿田、丁亦飞《唐五代四大名家词》）

寿山曲

铜壶滴漏初尽，
高阁鸡鸣半空。
催启五门金锁，
犹垂三殿帘栊。
阶前御柳摇绿，
仗下宫花散红。
鸳瓦数行晓日，
鸾旗百尺春风。
侍臣舞蹈重拜，
圣寿南山永同。

◆余往在中都，见一士大夫家收江南李后主书一词，下有“冯延巳”三字。诗中复云“圣寿南山永同”，恐延巳作也。（宋赵令畤《侯鲭录》）

◆冯延巳《寿山曲》词，按《蓉城集》曰：“‘鸳瓦’二句殊有元和气象，堪与李氏齐驱。”即指此也。（刘毓盘《词史》）

总 评

刘攽《中山诗话》　晏元献尤喜江南冯延巳歌词。其所自作，亦不减延巳。

张炎《词源》　词之难于令曲，如诗之难于绝句，不过十数句，一句一字闲不得。末句最当留意，有有馀不尽之意始佳。当以唐《花间集》中韦庄、温飞卿为则。又如冯延巳、贺方回、吴梦窗亦有妙处。

沈雄《古今词话·词评》引《乐府纪闻》　冯延巳字正中，广陵人。唐元宗以优待藩邸旧僚，自记室至中书侍郎入相。词最富，有《阳春集》。

又引《蓉城集》　“宫瓦数行晓日，龙旂百尺春风”，殊有元和气象。阳春词尚饶蕴藉，堪与李氏齐驱。

沈雄《柳塘词话》　陈世修云：冯公乐府思深语丽，韵逸调新，有杂入《六一集》中者。余谓其多至百首，黄山谷、陈后山犹以庸滥目之。然诸家骈金俪玉，而阳春词为言情之作。

周济《介存斋论词杂著》　皋文曰：“延巳为人专蔽固嫉，而其言忠爱缠绵，此其君所以深信而不疑也。”

刘熙载《艺概》　温飞卿词精妙绝人，然类不出乎绮怨。韦端己、冯正中诸家词，留连光景，惆怅自怜，盖亦易飘飏于风雨者。若第论其吐属之美，又何加焉。

又　冯延巳词，晏同叔得其俊，欧阳永叔得其深。

程恩泽《题周稚圭前辈〈金梁梦月词〉》　高才延巳追端己，小令中唐溢晚唐。更用骚心为乐府，漫天哀艳李重光。

冯煦《蒿庵论词》　词至南唐，二主作于上，正中和于下，诣微造极，得未曾有。宋初诸家，靡不祖述二主，宪章正中，譬之欧、虞、褚、薛之书，皆出逸少。晏同叔去五代未远，馨烈所扇，得之最先，故左宫右徵，和婉而明丽，为北宋倚声家初祖。刘攽《中山诗话》谓“元献喜冯延巳歌词，其所自作，亦不减延巳”，信然。

冯煦《唐五代词选序》　吾家正中翁，鼓吹南唐，上翼二主，下启晏、欧，实正变之枢纽，短长之流别也。

缪荃孙《宋元词四十家序》　阳春领袖于南唐，庆湖负声于北宋，碧山之绵渺，梅溪之轶丽，中圭双秀，不殊怨悱之音。

樊增祥《东溪草堂词选自叙》　五季之世，二李为工。后主思深理约，致兼风雅，匪惟一朝之隽，抑亦百世之宗。降而端己《浣花》之篇，正中《阳春》之录，因寄所托，归于忠爱，抑其亚也。

陈廷焯《白雨斋词话》　冯正中词，极沉郁之致，穷顿挫之妙，缠绵忠厚，与温、韦相伯仲也。

又　晏、欧词雅近正中，然貌合神离，所失甚远。盖正中意馀于词，体用兼备，不当作艳词读。若晏、欧不过极力为艳词耳，尚安足重。

又　晏元献、欧阳文忠皆工词，而皆出小山下。专精之诣，固应让渠独步。然小山虽工词，而卒不能比肩温、韦，方驾正中者，以情溢词外，未能意蕴言中也。故悦人甚易，而复古则不足。

又　声名之显晦，身分之高低，家数之大小，只问其精与不精，不系乎著作之多寡也。子建、渊明之诗，所传不满百首。然较之苏、黄、白、陆之数千百首者，相越何止万里。词中如飞卿、端已、正中、子野、东坡、少游、白石、梅溪诸家，脍炙人口之词，多不过二三十阕，少则十馀阕或数阕，自足雄峙千古，无与为敌。

陈廷焯《词坛丛话》　词至五代，譬之于诗，两宋犹三唐，五代犹六朝也。后主小令，冠绝一时，韦端已亦不在其下。终五代之际，当以冯正中为巨擘。

陈廷焯《云韶集》　正中词为五代之冠。正中词高处入飞卿之室，却不相沿袭；雅丽处，时或过之。

又　正中词如摩诘之诗，字字和雅，晏、欧之祖也。

张祥龄《词论》　文章风气，如四序迁移，莫知为而为，故谓之运。左春右秋，冰虫之见，生今反古，是冬箑夏炉，乌乎能。安序顺天，愚者一得。昌黎起八代之衰，亦运使然。南唐二主，冯延巳之属，固为词家宗主，然是勾萌，枝叶未备。小山、耆卿，而春矣。清真、白石，而夏矣。梦窗、碧山，已秋矣。至白云，万宝告成，无可推徙，元故以曲继之。此天运之终也。

陈锐《裦碧斋词话》　词有天籁，小令是已。本朝词人，盛称纳兰成德，余读之，但觉千篇一律，无所取裁。鹿虔扆、冯正中之流，不如是也。

沈曾植《菌阁琐谈》　刘公㦷谓"词须上脱香奁，下不落元曲，乃称作手"。亦为一时名语。然不落元曲易耳，浙派固绝无此病。而明季诸公宗《花间》者，乃往往不免。若所谓上脱香奁者，则韦庄、光宪既与致光同时，延巳、熙震亦与成绩并世，波澜不二，风习相通，方当于此津逮唐馀，求欲脱之，是欲升而去其阶已（国初诸公，不能画《花间》、《草堂》界限，宜有此论）。

况周颐《蕙风词话》　（唐五代词中）其铮铮佼佼者，如李重光之性灵，韦端己之风度，冯正中之堂庑，岂操觚之士能方其万一。

况周颐《历代词人考略》　《阳春》一集，为临川、珠玉所宗，愈瑰丽，愈醇朴。南渡名家，沾丐膏馥，辄臻上乘。冯词如古蕃锦，如周、秦宝鼎彝，琳琅满目，美不胜收。词之境诣至此，不易学，并不易知，未容漫加选择，与后主词实异曲同工也。

俞陛云《唐五代两宋词选释》　延巳与江南李后主为布衣交，遂登台辅。其时江介晏安，朋僚宴集，辄为乐府新词，倚丝竹而歌之，精丽飘逸，传诵一时。迨周师压境，国步日艰，所作若《三台令》、《归国谣》、《蝶恋花》诸调，旨隐而词微，其忧危之念，藉词以发之。殁后，南唐失国，遗稿散失，后贤采辑，存者无多矣。兹录取五十首。《阳春集》为五代词中之圣，犹《清真集》之在北宋也。

王国维《人间词话》　张皋文谓飞卿之词“深美闳约”，余谓此四字，唯冯正中足以当之。刘融斋谓“飞卿精妙绝人”，差近之耳。

又　“画屏金鹧鸪”，飞卿语也，其词品似之。“弦上黄莺语”，端己语也，其词品亦似之。正中词品，若欲于其词句中求之，则“和泪试严妆”，殆近之欤。

又　冯正中词虽不失五代风格，而堂庑特大，开北宋一代风气。与中、后二主词皆在《花间》范围之外，宜《花间集》中不登其只字也。

又　词之最工者，实推后主、正中、永叔、少游、美成，而后此南宋诸公不与焉。

王国维《人间词话》附录　端己词，情深语秀，虽规模不及后主、正中，要在飞卿之上。观昔人颜、谢优劣论可知矣。

又　温、韦之精艳，所以不如正中者，意境有深浅也。

蔡嵩云《柯亭词论》　词尚自然固矣，但亦不可一概论。无论何种文艺，其在初期，莫不出乎自然，本无所谓法。渐进则法立，更进则法密。文学技术日进，人工遂多于自然矣。词之进展，亦不外此轨辙。唐五代小令，为词之初期，故花间、后主、正中之词，均自然多于人工。宋初小令，如欧、秦、二晏之流，所作以精到胜，与唐五代稍异，盖人工甚于自然矣。宋初慢词，犹接近自然时代，往往有佳句而乏佳章。自屯田出而词法立，清真出而词法密，词风为之丕变。如东坡之纯任自然者，殆不多见矣。南宋以降，慢词作法，穷极工巧。稼轩虽接武东坡，而词之组织结构，有极精者，则非纯任自然矣。梅溪、梦窗，远绍清真，碧山、玉田，近宗白石，词法之密，均臻绝顶。宋词自此，殆纯乎人工矣。总之尚自然，为初期之词。讲人工，为进步之词。词坛上各占地位，学者不妨各就性之所近而习之。必是丹非素，非通论也。

又　正中词，缠绵悱恻，在五代，别具一种风格。秾艳如飞卿，清丽如端已，超脱如后主，均与之不同家数。其词最难学，出之太易，则近率滑，过于锻炼，又伤自然，总难恰到好处。

又　正中词难学，在其轻描淡写不用力处。一着浓缛字面，即失却《阳春》本色。近代王静庵《人间词》，接武欧、晏，其实欧、晏仍自《阳春》出。《人间词》中，《蝶恋花》调最多，亦最佳，即《鹊踏枝》也。

陈匪石《声执》　《花间集》，为最古之总集，皆唐五代之词。辑者后蜀赵崇祚。甄选之旨，盖择其词之尤雅者，不仅为歌唱之资，名之曰诗客曲子词，盖有由也。所录诸家，与前后蜀不相关者，唐惟温庭筠、皇甫松。五代惟和凝、张泌、孙光宪。其外十有三人，则非仕于蜀，即生于蜀。当时海内俶扰，蜀以山谷四塞，苟安之馀，弦歌不辍，于此可知。若冯延巳与张泌时相同，地相近，竟未获与，乃限于闻见所及耳。考《花间》结集，依欧阳炯序，为后蜀广政三年，即南唐昇元四年。冯方为李璟齐王府书记，其名未著。陈世修所编《阳春集》，有与《花间》互见者，如温庭筠之《更漏子》（玉炉烟）、《酒泉子》（楚女不归）、《归国遥》（雕香玉），韦庄之《菩萨蛮》（人人尽说江南好）、《清平乐》（春愁南陌）、《应天长》（绿槐阴里），以及薛昭蕴、张泌、牛希济、顾夐、孙光宪各一首，疑宋人羼入冯集。王国维谓冯及二主堂庑特大，故《花间》不登其只字，则逞臆之谈，未考其年代也。

吴梅《词学通论》　正中词，缠绵忠厚，与温韦相伯仲。

汪东《唐宋词选》　唐五代词胜处，温醇蕴藉，后世所不能至。若夫穷其末流或稍涉轻艳。宋人恢张其体，始极顿挫浏亮之观，而承先开后，则南唐后主与正中是也。《阳春》于含蓄之中寓沉着之思。近人冯煦谓其“俯仰身世，所怀万端，缪悠其词，若显若晦，揆诸六义，比兴为多”，“类劳人思妇羁臣逐子郁伊怆怳之所为”，“世亶以靡曼目之，诬已”。此虽褒称先世，亦庶几天之公言乎。

刘麟生《中国诗词概论》　冯延巳的词，第一能表现浓厚的情感，第二能有扩大的境界，第三善造清新的语言。

刘永济《唐五代两宋词简析》　其（冯延巳）词却极佳，词中表达之情极其复杂，有猜疑者，有希冀者，有留恋者，有怨恨者，有放荡者，而皆能随意写出，艺术甚高。宋初词人，皆受其影响。

龙榆生《唐宋名家词选》　延巳在五代为一大作家，与温、韦分鼎三足，影响北宋诸家者尤巨。南唐歌词种子，向江西发展，辙迹可录，冯氏实其中心人物，治词史者所不容忽也。

《国学典藏》从书已出书目

周易［明］来知德 集注
诗经［宋］朱熹 集传
尚书 曾运乾 注
周礼［清］方苞 集注
仪礼［汉］郑玄 注［清］张尔岐 句读
礼记［元］陈澔 注
论语·大学·中庸［宋］朱熹 集注
孟子［宋］朱熹 集注
左传［战国］左丘明 著［晋］杜预 注
孝经［唐］李隆基 注［宋］邢昺 疏
尔雅［晋］郭璞 注
说文解字［汉］许慎 撰

战国策［汉］刘向 辑录
［宋］鲍彪 注［元］吴师道 校注
国语［战国］左丘明 著
［三国吴］韦昭 注
史记菁华录［汉］司马迁 著
［清］姚苧田 节评
徐霞客游记［明］徐弘祖 著

孔子家语［三国魏］王肃 注
（日）太宰纯 增注
荀子［战国］荀况 著［唐］杨倞 注
近思录［宋］朱熹 吕祖谦 编
［宋］叶采［清］茅星来等 注
传习录［明］王阳明 撰
（日）佐藤一斋 注评
老子［汉］河上公 注［汉］严遵 指归
［三国魏］王弼 注
庄子［清］王先谦 集解
列子［晋］张湛 注［唐］卢重玄 解
［唐］殷敬顺［宋］陈景元 释文
孙子［春秋］孙武 著［汉］曹操 等注

墨子［清］毕沅 校注
韩非子［清］王先慎 集解
吕氏春秋［汉］高诱 注［清］毕沅 校
管子［唐］房玄龄 注［明］刘绩 补注
淮南子［汉］刘安 著［汉］许慎 注
金刚经［后秦］鸠摩罗什 译 丁福保 笺注
维摩诘经［后秦］僧肇等 注
楞伽经［南朝宋］求那跋陀罗 译
［宋］释正受 集注
坛经［唐］惠能 著 丁福保 笺注
世说新语［南朝宋］刘义庆 著
［南朝梁］刘孝标 注
山海经［晋］郭璞 注［清］郝懿行 笺疏
颜氏家训［北齐］颜之推 著
［清］赵曦明 注［清］卢文弨 补注
三字经·百家姓·千字文
［宋］王应麟等 著
龙文鞭影［明］萧良有等 编撰
幼学故事琼林［明］程登吉 原编
［清］邹圣脉 增补
梦溪笔谈［宋］沈括 著
容斋随笔［宋］洪迈 著
困学纪闻［宋］王应麟 著
［清］阎若璩 等注

楚辞［汉］刘向 辑
［汉］王逸 注［宋］洪兴祖 补注
曹植集［三国魏］曹植 著
［清］朱绪曾 考异［清］丁晏 铨评
陶渊明全集［晋］陶渊明 著
［清］陶澍 集注
王维诗集［唐］王维 著［清］赵殿成 笺注
杜甫诗集［唐］杜甫 著［清］钱谦益 笺注
李贺诗集［唐］李贺 著［清］王琦等 评注

李商隐诗集［唐］李商隐 著
［清］朱鹤龄 笺注
杜牧诗集［唐］杜牧 著［清］冯集梧 注
李煜词集（附李璟词集、冯延巳词集）
［南唐］李煜 著
柳永词集［宋］柳永 著
晏殊词集·晏幾道词集
［宋］晏殊 晏幾道 著
苏轼词集［宋］苏轼 著［宋］傅幹 注
黄庭坚词集·秦观词集
［宋］黄庭坚 著［宋］秦观 著
李清照诗词集［宋］李清照 著
辛弃疾词集［宋］辛弃疾 著
纳兰性德词集［清］纳兰性德 著
六朝文絜［清］许梿 评选
［清］黎经诰 笺注
古文辞类纂［清］姚鼐 纂集
乐府诗集［宋］郭茂倩 编撰
玉台新咏［南朝陈］徐陵 编
［清］吴兆宜 注［清］程琰 删补
古诗源［清］沈德潜 选评
千家诗［宋］谢枋得 编
［清］王相 注［清］黎恂 注
瀛奎律髓［元］方回 选评
花间集［后蜀］赵崇祚 集
［明］汤显祖 评
绝妙好词［宋］周密 选辑
［清］项絪 笺［清］查为仁 厉鹗 笺
词综［清］朱彝尊 汪森 编
花庵词选［宋］黄昇 选编
阳春白雪［元］杨朝英 选编
唐宋八大家文钞［清］张伯行 选编
宋诗精华录［清］陈衍 评选
古文观止［清］吴楚材 吴调侯 选注
唐诗三百首［清］蘅塘退士 编选
［清］陈婉俊 补注
宋词三百首［清］朱祖谋 编选
文心雕龙［南朝梁］刘勰 著
［清］黄叔琳 注 纪昀 评
李详 补注 刘咸炘 阐说
诗品［南朝梁］锺嵘 著
古直 笺 许文雨 讲疏
人间词话·王国维词集 王国维 著

戏曲系列

西厢记［元］王实甫 著
［清］金圣叹 评点
牡丹亭［明］汤显祖 著
［清］陈同 谈则 钱宜 合评
长生殿［清］洪昇 著［清］吴人 评点
桃花扇［清］孔尚任 著
［清］云亭山人 评点

小说系列

封神演义［明］许仲琳 编［明］锺惺 评
儒林外史［清］吴敬梓 著
［清］卧闲草堂等 评

部分将出书目

公羊传
穀梁传
史记
汉书
后汉书
三国志
水经注
史通
日知录
文史通义
心经
文选
古诗笺
李白全集
孟浩然诗集
白居易诗集
唐诗别裁集
明诗别裁集
清诗别裁集
博物志
温庭筠诗集
聊斋志异